Für Ingvild

Erstveröffentlichung im Oktober 2020

TWENTYSIX – Der Self-Publishing-Verlag
Eine Kooperation zwischen der Verlagsgruppe
Random House und Books on Demand
© 2020 Schuster, Gerhard D.
Herstellung und Verlag:
BoD – Books on Demand, Norderstedt
ISBN: 9783740769703

Lektorat und Umschlaggestaltung:
www. die-online-texterei.de

Gerhard D. Schuster

Kampf um eine Villa

Makabre Erlebnisse
in Berlins Nobelviertel
nach dem Mauerfall

Episodenroman

Wenn Villen doch nur selbst erzählen könnten…

Das vielfach bewunderte Grunewaldviertel in Berlin birgt Tausende von Geschichten, von denen viele erzählenswert sind. Hier finden Sie einige, erzählt von einem international tätigen Geschäftsmann, der nach dem Mauerfall gemeinsam mit seiner Frau eine erste Wohnung in einer Villa im Grunewaldviertel erwarb.

Die ehemals herrschaftlichen Räume waren schon nach dem Krieg in neun kleine Eigentumswohnungen aufgeteilt worden. Es gab also acht weitere Miteigentümer und eine desinteressierte, externe Verwaltung, die sich nicht kümmerte. Das Gras im rattenverseuchten Garten stand hüfthoch, die Tiere tummelten sich nicht nur dort.

Der Autor sammelte von nun an Geschichten, die durchgehend authentisch sind. Wie in Balzacs „Menschlicher Komödie" reicht auch seine Bandbreite von amüsant und skurril über makaber bis lebensbedrohlich. Die zugrundeliegenden menschlichen Eigenschaften sind Sympathie, Humor, Mut bis hin zur Begeisterung, krasse Hochstapelei, Betrug, trickreicher Neid, offener Hass, grausamer Sadismus und nicht zuletzt sogar Mordlust. Zwischen ganz normalen Menschen treiben Halunken, Hochstapler und Sadisten hier ihr Unwesen.

Sie werden sich in der bizarren Welt eines Immobilien-Thrillers wiederfinden, in dem Betrug auf der Tagesordnung steht und mit einem Federstrich Vermögen geschaffen oder auch vernichtet werden.

Inhalt

Vorwort
13

Ein weiblicher „Napoleon" und der erste Miet-Preller
17

Der Mann mit der schusssicheren Wohnungstür
21

Wie es gelang, einen polnischen Gangster
wieder aus der Villa zu drängen
23

Der Ratten mit Erdnüssen fütternde Miteigentümer
29

Ein weiblicher Highflyer-Ikarus, im Fahrstuhl nach unten
34

Ein eleganter Mietnomade auf der Durchreise
37

Der Schrecken der Berliner Altbauten
41

Was uns die anstrengende Aktion
mit der Harke auf dem Dach lehrte
43

Wie ein Mafia-Pärchen fast das Kutscherhaus erwarb
46

Nächtliche Übergabe des Kutscherhauses
an einen geheimnisvollen „Mr. X"
48

Ein drogensüchtiger Mieter, der direkt aus der Hölle kam
51

Der Chef-Steward,
der sich einen ungarischen Lover im Haus hielt
55

Der erstaunliche Heizungsableser aus Ghana
57

Robert de Niro erzählt einen Immobilien-Krimi
in seinem feudalen Büro
59

Ein ehemaliger iranischer Geheimdienstler als Kurzzeit-Mieter
62

Als „Die Kobra" das Herrenzimmer zum Büro umgestalten wollte
65

Der russische Oligarch
mit der 30 cm langen Narbe auf seinem Bauch
66

Verkauf einer Villa:
Das Reich der Vampire, Adler und Schlangen
69

Zum Schluss den Dolch eines Miteigentümers im Rücken
72

Wie die Tarnung der Superreichen uns das Staunen lehrte
75

Vorwort

Sie wohnen in Grunewald? Ist die Antwort ein schlichtes Ja, sind Erstaunen und nicht selten Bewunderung beim Gegenüber die Folge. Noch immer ist der Grunewald Berlins gefragtestes Villenviertel, auch wenn ihm mit Dahlem inzwischen ein starker Konkurrent erwachsen ist.

Wahrscheinlich hat niemand das alte Grunewaldviertel treffender beschrieben, als Nicolaus Sombart in seinem Erinnerungsbuch „Jugend in Berlin (1933-43) Ein Bericht", in dem er darauf hinweist, dass es in der Glanzzeit des Wilhelminischen Deutschland entstand:

„Von Villenvorort zu sprechen, führt in die Irre. Im Grunewaldviertel baute die Großbourgeoisie in parkartigen Gärten ihre Schlösser. Die Alleen sind hier so breit, weil Reitwege auf ihnen geführt waren. Was heute als ansehnliches Wohnhaus wirkt, war früher Reitstall oder Remise. Nur vereinzelt lebten hier Menschen von bescheidenerem Lebenszuschnitt - das waren Professoren oder Literaten", zu denen auch Sombarts Elternhaus gehörte.
Das alte Grunewaldviertel – im Rückblick eine Idylle, fern der Massenaufmärsche im Zentrum der Reichshauptstadt – ist Geschichte. Die Idylle ist geblieben. Das Geschmäckle von teuer und reich auch. Nicht wenige möchten dazugehören und tun alles dafür, um dort leben zu können.

Die Geschichte des Grunewaldviertels setzt sich aus Geschichten zusammen, bunt und vielfältig, skurril, traurig, bewegend, heiter, dramatisch, kriminell … eben wie das Leben selbst. Einige werden gern erzählt, andere lieber verschwiegen.

Die Villa, um die es in diesem Büchlein im Wesentlichen geht, ist Ende des 19. Jahrhunderts von einem prominenten Bauherrn errichtet worden. Drei Eigentümer später, in den dreißiger Jahren des vergangenen Jahrhunderts, bewohnte sie schließlich eine jüdische Anwaltsfamilie mit ihrem Personal. Die Enteignung während der Nazizeit und der infolge der Wohnungsnot der Nachkriegszeit erfolgte spekulative Umbau des Gebäudes führte dazu, dass der gesamte Bau in neun Kleinstwohnungen aufgeteilt wurde. Dies veränderte den Charakter der Villa vollständig, was sich auch auf ihre Bewohner auswirkte. Wenn doch die Villa nur selbst plaudern könnte…

Die in diesem Episoden-Roman fiktionalisierten Ereignisse sind durchweg so oder ähnlich geschehen. Die darin agierenden Personen wurden zur Wahrung ihrer Persönlichkeitsrechte verändert. Jede Ähnlichkeit zu lebenden Personen ist daher rein zufällig und nicht beabsichtigt.

Gerhard D. Schuster

1. Ein weiblicher „Napoleon" und der erste Miet-Preller

Unsere sich als schicksalhaft erweisende erste Begegnung mit einer alten Villa im Berliner Grunewald liegt lange zurück. Um sie zu nachvollziehen zu können, muss ich weit ausholen.

Es war etwa sechs Jahre nach der Gründung unserer internationalen Handelsfirma in Oldenburg. Im Lager beschäftigten wir bis dahin Abiturienten und Studenten auf Teilzeitbasis. Aber die Umsätze stiegen. Die Einstellung eines Vollzeit-Lagerverwalters wurde zwingend.

Unter den Bewerbern war eine kleinwüchsige Frau mittleren Alters namens Detering, die mit einem Expressdienst selbst eine eigene Firma gehabt und ebenfalls mit Studenten gearbeitet hatte. Ich stellte sie aufgrund ihrer Erfahrung ein, obwohl mir ihre merkwürdig glitzernden Augen von Anfang an nicht geheuer waren.

Hätte ich nur auf meine innere Stimme gehört! Es zeigte sich, dass diese Frau nicht nur über eine fast napoleonische Willenskraft, sondern auch den sogenannten „Killer-Instinkt" zum Aus-dem-Weg-Räumen von unliebsamen Gegnern verfügte.

Ingvild, meine Frau, war damals aus steuerlichen Gründen Mehrheitseigentümerin unserer GmbH. Ich hatte den taktischen Fehler begangen, ihr einen sozialversicherten Ganztagsjob immer wieder auszureden und sie von der für die Firma viel kostengünstigeren Minijob-Lösung zu überzeugen. Sie sah das auch jedes Mal ein, aber ohne, dass ich es ahnte, „brodelte" es in ihr. Dies hatte die neue Lagerverwalterin sofort erkannt und sah sich vielleicht bereits als künftige Geschäftsführerin. Mit ihrer fast hypnotischen Überzeugungskraft gelang es ihr hinter meinem Rücken, Ingvild davon zu überzeugen, dass ich im Begriff sei, die Firma in die Insolvenz zu treiben.

Aus heiterem Himmel wurde ich von meiner Ehefrau und Miteigentümerin per Einberufung einer Gesellschafterversammlung mit der Forderung überrumpelt, den Geschäftsführerposten abzugeben. Sollte ich dem nicht nachkommen, würde ich wegen Inkompetenz von ihr als Mehrheitsgesellschafterin abgesetzt.

Als ich daraufhin der Detering sofort und fristlos kündigte, verließen mich sowohl Ingvild als auch unsere beiden Büromitarbeiterinnen. Alle hatten sie der unglaublichen Überzeugungskraft dieses teuflischen Willensbündels nichts entgegenzusetzen.

Der Rechtsexperte der örtlichen IHK gab mir „keine Chance", weil Frauen nach seiner Erfahrung „so etwas" bis zum Ende durchziehen würden. Dazu kam, dass auch die Banken infolge der negativen Interna in der Firma umgehend die Kreditlinien heruntergesetzt hatten.

Wenigstens die bei uns tätigen Studenten standen auf meiner Seite. Ohne mein Wissen versuchten sie tatsächlich, die kleinwüchsige Hexe in ihrem Wohnwagen von der Autobahn in den Graben abzudrängen, wie sie aufgeregt berichteten. Ein verzweifelter, aber von mir nicht gutgeheißener Rettungsversuch, der glücklicherweise scheiterte.

Ein skrupelloser lokaler Anwalt, von Kollegen mit dem Ehrentitel „Wadenbeißer" versehen, witterte das große Geschäft und mailte mir aus heiterem Himmel, dass meine Ehefrau sich nunmehr „endgültig" von mir scheiden lassen wolle. Ich engagierte daraufhin selbst einen Anwalt, merkte aber bald, dass die beiden Juristen sich gegenseitig hochschaukelten, anstatt nach einer für mich akzeptablen Lösung zu suchen.

Ich kündigte meinem Anwalt und nahm den Kampf allein auf. Ich wollte unbedingt sowohl meine Firma als auch meine über alles geliebte Ehefrau zurück, e g a l, was alle „Experten" dieser Welt dazu zu sagen hatten. Es gelang mir gegen jede Wahrscheinlichkeit, beide Ziele zu erreichen.

Zuvor zerriss Ingvild das teure, mit viel Aufwand erstellte Gutachten eines Wirtschaftsprüfers über unseren Firmenwert vor meinen entgeisterten Augen als „Viel zu niedrig!" Wie ich sie - trotz meines momentanen Zornes - für diesen bühnenreifen Auftritt bewunderte!

Unsere GmbH musste einen Kredit aufnehmen, um „meine bessere Hälfte" als Teilhaberin auszuzahlen. Gleichzeitig erhielt sie einen notariell beglaubigten Fünfjahresvertrag als Gebietsverkaufsleiterin Norddeutschland samt Firmenwagen. Heute heißt das „Frauenpower"!

Ich selbst arbeitete in diesem halben Jahr 18 Stunden am Tag, hatte in Windeseile neue Mitarbeiterinnen engagiert, und es gelang mir tatsächlich, die Firma auf Kurs zu halten, die „Detering-Delle", wie man sie an der Börse nennen würde, wieder auszubügeln.

Ingvild erwog, ihre erkämpfte Auszahlung sinnvoll, also gewinnbringend anzulegen. Da unser Sohn zu diesem Zeitpunkt in Berlin studierte, unsere Tochter aus beruflichen Gründen ebenfalls dorthin zog, wir aus dem Osten stammten (Schlesien und Danzig) und soeben die Mauer gefallen war, hielt sie es für naheliegend, in Berliner Immobilien zu investieren.

Gesagt, getan: Schon wenig später hatte unser Sohn ein zur Eigentumswohnung umgebautes, historisches Herrenzimmer in einer etwas lädierten Grunewald-Villa gefunden. Während unseres Notarbesuches wegen des Kaufvertrages für diese Wohnung schloss Ingvild bereits einen Mietvertrag mit einem Berliner Makler ab.

Ein paar Wochen später saßen wir beim Frühstück in Oldenburg, als Ingvild einen Anruf aus Berlin erhielt. Ein Mitarbeiter des Maklers, der ihre vor wenigen Wochen erworbene Wohnung angemietet hatte, meldete sich. Diesem Mitarbeiter war meine Frau in einem Maße sympathisch, dass er sie unter dem Siegel der absoluten Verschwiegenheit unbedingt vor seinem Chef warnen wollte. Dieser hätte mitnichten vor, jemals auch nur einen Cent Miete zu zahlen.

Wenn uns der Herr Makler für ahnungslose „Landeier" gehalten haben sollte, die ihn auf dem Behördenweg vielleicht über zwei Jahre wieder aus der Wohnung hinaus prozessieren würden, haben wir ihm einen Strich durch seine Rechnung gemacht.

Keine 30 Minuten nach besagtem Anruf saß Ingvild im Auto und fuhr nach Berlin. Sie hatte Glück, der Makler hatte noch keine Möbel in die Wohnung gestellt. Das Auswechseln des Schlosses durch eine Fachfirma war eine Sache von Minuten, und Ingvild fuhr entspannt wieder nach Oldenburg zurück.

Das sofort einsetzende, telefonische Gezeter des Maklers nahmen wir in Kauf, ignorierten es und begannen, in aller Ruhe nach einem neuen Mieter zu suchen. Die bereits eingezahlte Kaution entsprach immerhin drei Monatsmieten.

2. Der Mann mit der schusssicheren Wohnungstür

Wegen ihrer unglaublichen Findigkeit hatte ich Ingvild bereits vor langer Zeit den Spitznamen „Daniela Boone" verliehen. Für mich ist sie das weibliche Pendant zum berühmtesten Pfadfinder der amerikanischen Geschichte.

Und siehe: Kaum war die Tinte unserer Unterschriften auf dem Kaufvertrag für die Herrenzimmer-Wohnung trocken, war Tierliebhaberin Ingvild durch die Katze der Eigentümer der Wohnung direkt darüber auf deren Angebot gestoßen.

Noch während unseres kurzen Berlin-Aufenthaltes wegen des Notar-Termins zur Beurkundung des ersten Wohnungskaufes kam sie aufgeregt die Treppe aus dem ersten Stock herunter und rief: „Wir machen gerade den größten Fehler unseres Lebens! Die Feddersons wollen a u c h verkaufen! Ihre Wohnung ist v i e l schöner!"

Ingvild und ich gingen sofort nach oben und wurden freundlich von einem jungen Ehepaar begrüßt. Der Mann hatte die Ausstrahlung eines Hippies, seine Frau dagegen war eine frappierende Schönheit.

Die kleine Wohnung begeisterte in der Tat, sie verfügte über hohe Decken, einen himmlischen Erker zur Straßenseite, in dem ein Baby im Kinderbettchen lag, ein Bad vom Feinsten, eine auf engstem Raum raffiniert eingebaute Küche sowie ein Mini-Schlafzimmer mit klug angebrachtem Hochbett aus Echtholz. An Geld schien es nicht zu mangeln, die Wohnung war, wie sich später herausstellen sollte, die schönste der gesamten Villa.

Fedderson war – wie uns erzählt wurde - der Aussteiger-Sohn eines Bielefelder Fabrikanten, der sich nach Portugal verändern wollte. Erst später erfuhren wir, dass er in Drogengeschäfte verwickelt war und von der Drogenmafia bedroht wurde.

Aufgrund dieser führ ihn gefährlichen Situation ließ er sich eine Tür aus schusssicherem Material inklusive unüberwindlichem Querriegel einbauen. Seine Tür war die einzige im Haus die zudem keinen Briefschlitz, sondern einen außen angebrachten Briefkasten hatte. Telefonate nahm grundsätzlich seine Frau entgegen. Jahre später erfuhren wir, dass Fedderson in seinem Sportflugzeug über Portugal abgeschossen wurde, aber schwer verletzt überlebte.

Ingvilds Begeisterung für diese 55 qm große Erkerwohnung stellte uns vor ein Dilemma: Da unser Haus in Oldenburg erst vier Jahre später verkauft werden sollte, und die Firma jetzt jeden Cent für den Wareneinkauf benötigte, konnten wir eine zweite Anzahlung im selben Jahr auf keinen Fall stemmen.

Ich entschied mich dafür, mir die Hälfte meiner Rente im Voraus auszahlen zu lassen - ein schwerer Fehler, wie sich später herausstellen sollte. Dafür gab es jetzt bei der „Eroberung" der restlichen Villa kein Zurück mehr.

3. Wie es gelang, einen polnischen Gangster wieder aus der Villa zu drängen

Bei den Eigentümer-Versammlungen kurz vor dem Mauerfall war immer wieder von einem gewissen „Herrn Betrüger" die Rede. Das brachte eine neue Miteigentümerin dazu zu fragen, wer denn dieser „Herr Betrüger" sei? Ihr wurde bedeutet, dass der korrekte Name dieses Miteigentümers Betryga laute, er aber momentan im Strafvollzug sitze und deshalb nicht anwesend sein könne.

Betryga war wegen Konkursverschleppung in Hypotheken-Betrügereien zu einer mehrjährigen Haftstrafe verurteilt worden. Die Banken wollten nicht ewig auf die Hypotheken-Tilgung warten und beantragten daher die Zwangsversteigerung der Eckwohnung im ersten Stock.

Diese Versteigerung hatte uns kalt erwischt, denn nach den beiden schnellen Käufen 1991 waren wir bis unter die Halskrause verschuldet. Meine Schwiegermutter, langjährige Internistin in Nürnberg, sprang ein. Sie würde eine Hälfte in bar anzahlen, wenn unser Sohn Michael – derzeit als Assessor tätig - die Hypotheken-Schulden der anderen Hälfte übernehmen würde.

Mit einem bankgarantierten Scheck in ausreichender Höhe aus Nürnberg fühlten wir uns für die Versteigerung gerüstet. Für den Notfall hatte ich einen zweiten, gleich hohen und ebenfalls bankgarantierten Scheck von unserer Firmenbank dabei.

Der Saal im Amtsgericht Charlottenburg war bis auf den letzten Platz gefüllt. Die Stehplätze an der Fensterseite belegten interessierte Banker und verfolgten aufmerksam das Geschehen. Immerhin stand eine Eigentumswohnung in bester Lage vom Grunewald mit dem Sahnehäubchen eines direkten Treppenanschlusses zum ausbaufähigen Dachstuhl zum Verkauf, das gab es nicht alle Tage.

Schon bevor der amtierende Richter zu den ersten Geboten auffordern konnte, platzte eine veritable „Bombe"! Ein junger Mann mit Sonnenbrille trat von den Stehplätzen vor den Richter und überreichte ihm ein Schriftstück. Der wiederum erklärte daraufhin den entgeisterten Zuhörern, dass er einen auf zehn Jahre befristeten Mietvertrag zwischen den Herren Betryga und dem hier anwesenden Szynowsky in den Händen halte. Die Anfangsmiete betrüge 200 Deutsche Mark monatlich, mit einer jährlich festgelegten Mietsteigerung. Dieser hanebüchene Winkelzug einer auf Jahre festgesetzten Mini-Miete ließ den Wiederverkaufswert schon drastisch fallen, bevor das erste Gebot überhaupt abgegeben werden konnte.

Das Bieten für die 50 Quadratmeter große Wohnung begann bei ihrem Verkehrswert von 180.000 DM. Schnell waren 250.000 DM erreicht, die Grenze, ab der alle anderen Mitbieter aufgaben und nur noch der sonnenbebrillte Szynowsky und wir einander gegenüberstanden.

Aufzugeben hätte für uns bedeutet, auf die ganze Villa zu verzichten, da das Zusammenleben mit einem polnischen Gangster für uns nicht infrage kam. Bei jeder neuen 10.000 DM-Schwelle wurde das ungläubige „Raunen" der an den Fenstern stehenden Banker vernehmlicher, während die Bietersumme neue Rekorde erreichte.

Als der Pole tatsächlich bei 310.000 DM noch eins draufsetzte und geradezu irreale 320.000 bot, flüsterte ich Michael ins Ohr: „Jetzt ist Schluss!", woraufhin seine Mutter meinte : „Setz' noch einen einzigen Tausender drauf!"

Zu unserem nicht enden wollenden Erstaunen hatte mein „Nature Girl" (einer der beiden Spitznamen für meine Frau) mit ihrer Intuition einmal mehr den Nagel auf den Kopf getroffen, der Pole gab auf. Wir hatten mit diesem winzigen Aufschlag offensichtlich sein selbstgesetztes Ziel überschritten. Der Hammerschlag des Richters bestätigte, dass wir gewonnen hatten.

Michael und ich klopften uns begeistert auf die Schultern und marschierten zur Erledigung der Formalitäten nach vorn. Seinen kurzen Schrecken, als man dort den Scheck aus Nürnberg aufgrund eines Formfehlers ablehnte, konnte ich umgehend entkräften. Ich zog meinen Reservescheck aus der Tasche, der zu unserer riesigen Erleichterung akzeptiert wurde.

Unsere Meisterstrategin war da längst nicht mehr im Saal. Sie war sofort nach dem Hammerschlag und ohne uns zu informieren, losgelaufen und schlug schon Sekunden später einem Taxi, das gerade losfahren wollte, vernehmlich auf den Kofferraum. Der Taxifahrer raste mit ihr in den Grunewald, und nur Minuten später klingelte sie bei Evelyn im Parterre Sturm: „Evelyn, wir brauchen sofort einen Schlüsseldienst!"

Zehn Minuten später war der Notdienst da, und das Schloss der ersteigerten Wohnung wurde ausgewechselt. Keine Minute zu früh. Kaum war der Techniker weg, tauchte Szynowsky samt Bodyguard auf, kam aber nicht mehr in die Wohnung hinein.

Sofort setzte ein Trommelfeuer von Klagen und gerichtlicher Eilentscheidungen ein, die wir und unser Sohn allesamt verloren. Unsere sehr sozial eingestellten Gerichte sehen Mieter „a priori" im Recht, ganz gleich, ob sie Halunken oder Normalbürger sind.

Um Szynowsky trotzdem jeden Zugang zur Wohnung unmöglich zu machen und einen kostspieligen Austausch des Hauptschlosses mit Dutzenden von Schlüsselkopien zu vermeiden, verschlossen wir die Hauseingangstür von innen mit zwei Ketten. Zehn Tage lang belagerte er das Haus regelrecht. Während dieser Zeit konnten alle Hausbewohner das Hauptgebäude nur durch den im Parterre gelegenen Wintergarten von Evelyns Wohnung erreichen, was diese aber gern ermöglichte.

Die Besichtigung der ersteigerten Wohnung hatte im Übrigen ergeben, dass Szynowsky sie völlig zerstört hatte. Heizkörper und Bad-Elemente waren abmontiert und zerbrochen, eine Zwischendecke ganz und gar heruntergerissen worden. Vielleicht nur, um zu erreichen, dass ein möglicher Ersteigerer umgehend aufgebe, oder, weil er sofort den Dachstuhl ausbauen und mit der Wohnung verbinden wollte. Uns schreckte diese Zerstörung nicht.

Die Gegenseite hatte zwischenzeitlich die Kriminalpolizei eingeschaltet. Der Hauptkommissar war, nachdem wir ihm die zerstörte Wohnung gezeigt hatten, erstmal unverrichteter Dinge wieder gegangen. Als nächstes gab es auf dem Gehweg vor dem Gartenzaun den Showdown. Ingvild und ich beobachteten das Geschehen vom Erker im 1. Stock aus:

Die beiden Kontrahenten standen sich samt Anwälten und mit dem Vertreter der Kriminalpolizei zwischen sich gegenüber. Unser damals 27-jähriger Sohn, erzogen zu gehörigem Mut und Selbstbewusstsein, hielt Szynowsky als Erstes die fristlose Kündigung wegen Zerstörung der Wohnung vors Gesicht.

So gerissen wie Gangster gelegentlich sind, fasste dieser das Dokument nicht an, sondern drückte es mit dem Ellbogen ins Gebüsch. Das lautstarke Duell endete ohne Ergebnis, unsere Ketten verhinderten das Betreten des Hauses.

Um die entstandene Pattsituation irgendwie aufzulösen, rief Michael danach seinen Gegner für die Vereinbarung eines Zweiertreffens an. Bei dieser Gelegenheit lernten wir, wie hochintelligent Gangster sein können. Szynowsky war aufgrund gleich dreier Adressen, die er angegeben hatte, für die Behörden praktisch nicht zu fassen:

Die erste nutzte er für seine eingehende Post, die zweite für den Telefonanschluss. Unter der dritten Adresse wohnte er tatsächlich, jedoch unter einem falschen Namen, der an der Klingel zu lesen war.

Unser Anwalt hatte diesem Treffen zugestimmt, allerdings sollte Michael auf keinen Fall in ein fremdes Auto steigen. Ingvild und ich beobachteten wiederum vom Erker im ersten Stock aus, wie unser Sohn aus dem Haus trat, wo er zu unserem Entsetzen und wider die Absprache neben dem Gangster als Beifahrer in dessen Auto Platz nahm.

Das war 18:30 Uhr. Je mehr Zeit seither verstrich, desto unruhiger wurde ich. Schon sah ich Michael als Leiche irgendwo in Polens Wäldern liegen und rief um 21:30 Uhr schließlich aus: „Ich halt's nicht mehr aus! Entweder springe ich aus dem Fenster oder mache einen Dauerlauf im Wald!" Aber Ingvild gelang es irgendwie, mich zu beruhigen.

Gegen 23 Uhr tauchte unser Sohn dann doch wohlbehalten wieder auf. Er sei im Nobelhotel Kempinski von dem noch jugendlichen Gangster nach allen Regeln der Kunst bewirtet worden, während dieser aus seinem Leben erzählte, u. a., dass er in Berlin-Köpenick eine ganze Straße besäße und mit Polens Premierminister auf die Jagd ginge.

Im Kempinski hatte Szynowsky seine Bereitschaft erklärt, gegen eine Einmalzahlung von 50.000 Deutsche Mark auf alle Rechte aus dem Mietvertrag zu verzichten, aber auch ohne sich an einer Renovierung zu beteiligen. Ein letztes Mal sollten wir also „zur Ader gelassen" werden, mit einem Betrag, der auf den bereits irrwitzigen Versteigerungspreis noch oben draufkam!

In unserer Erleichterung, diesen Kriminellen endlich loszuwerden, bissen wir damals auch in diesen sauren Apfel. Die Überweisung über die Hälfte des Betrages kam prompt aus Nürnberg. Da wir noch immer komplett blank waren, kompensierte unsere Firma den ausstehenden Betrag mit einer Ladung Wasserarmaturen, was Szynowsky akzeptierte.

Nie werde ich die Szene vergessen, als wir im Dunkel der Nacht direkt vor der Villa Hunderte Hebelmischer aus einem LKW in einen anderen luden. In der Nähe lag damals das rund um die Uhr bewachte Gästehaus der französischen Botschaft. Auf die Idee zu fragen, was wir da täten, kam jedoch keiner der Polizisten...

Vier Jahre später heiratete unser Sohn und zog nach Hamburg. Er verkaufte seine inzwischen drei Wohnungen – eine hatte er von uns erworben - an einen gewissen Carsten Wagner.

4. Der Ratten mit Erdnüssen fütternde Miteigentümer

„Nature girl" lag entspannt im Liegestuhl im Garten der Villa, als unvermittelt ganz in der Nähe ein mausähnliches Tier zielstrebig vorbeilief. Ihr erster Gedanke: „Das war keine Maus, das war eine Ratte!". In diesem Moment wurde Ingvild klar, dass es im Garten der Villa Ratten gab und sehr wahrscheinlich nicht nur dort.

Wenige Tage später kam unser Sohn zu ihr (Sie hatte ihm geraten, in seiner Parterre-Wohnung Mausefallen aufzustellen) und meinte: „Meine Güte, hier gibt's vielleicht große Mäuse! Hier ist eine herumgelaufen, die hatte ihren Rücken in einer Mausefalle eingeklemmt!"

„Und wo ist diese Riesenmaus jetzt?"
„Tot, im Mülleimer. Ich habe sie gekriegt."

Ingvild ging sofort zum Mülleimer, schaute hinein und zog mit gewohnter Kaltblütigkeit und furchtlos wie immer das Tier am Schwanz heraus. Dieser war ungewöhnlich groß und unbehaart, ein typisches Merkmal von Ratten, womit definitiv geklärt war: Die Villa war rattenverseucht, und zwar sowohl drinnen als auch draußen.

Schon vorher hatte sich die damalige Mieterin des Kutscherhauses, Berlins einzige Pilotin mit einer Lizenz für Düsenflugzeuge, bei

Ingvild beschwert, dass irgendwelche Tiere die Blumen auf ihrer Dachterrasse wegfressen würden!

Als nächstes fiel Ingvild der Sack Erdnusskerne vor der Wohnungstür von Miteigentümer König im ersten Stock auf. Endgültig fiel bei ihr der Groschen, als sie vom Fenster der Nebenwohnung aus eine Gruppe von gleich DREI Ratten auf der Balustrade von Königs Balkon sitzen sah. Sie mussten über den wilden Wein, der als eine Art „Ratten-Schnellstraße" die gesamte Rückwand des Kutscherhauses, des kleinen Nebengebäudes der Villa, bedeckte, nach oben zu Königs Balkon geklettert sein!

War das womöglich eine kleine, perfide Rache des schwulen Gartenarchitekten i. R. an seiner Behandlung durch die Gesellschaft? Egal, Ingvild holte sofort ihre Kamera und fotografierte die Dreiergruppe. Mit diesem Foto fuhr sie zur (damals) externen Hausverwaltung, wurde aber abgewimmelt: Sie solle der Verwaltung bitte nicht mit derart abstrusen Vorwürfen kommen!

Da wusste „Nature Girl", sie musste das „Problem" allein lösen, zumal sie mich – ihren eher intellektuellen, zur Vorsicht neigenden und zudem durch die Firma sehr in Anspruch genommenen Ehemann – besser nicht mit so etwas behelligte.

Wenige Tage später wachte Ingvild am Morgen voller Zorn auf König und seine Ratten auf und entschloss sich zum sofortigen Handeln. Um möglichen Protesten von vornherein den Boden zu entziehen, musste ein „fait accompli" - vollendete Tatsachen - geschaffen werden.

Noch im Schlafanzug eilte sie wild entschlossen in den Garten und sägte mit einer kleinen Handsäge die Stämme des wilden Weins nahe dem Boden durch. Als nächstes hängte sie sich mit aller Kraft an die Rankenpflanzen und riss diese dadurch peu-à-peu komplett von der Rückwand des Kutscherhauses herunter.

Der gesamte Putz, an den sich die Ranken geheftet hatten, kam direkt mit. Ingvild sah mittlerweile wie eine Malerin aus, die versehentlich in einen Eimer gelber Farbe gefallen war. Aufgescheucht durch den Lärm erschien die Eigentümerin der Parterre-Eckwohnung und rief, Ingvild nicht sofort erkennend, empört: „Wer sind Sie denn? Was machen Sie hier?"

Nachdem Ingvild sie aufgeklärt hatte, staunte Evelyn: „Du bist ja noch im Schlafanzug!" und holte ihr umgehend einen Arbeitskittel.

In diesem Moment sah Ingvild Herrn König bei den Mülltonnen stehen und trat zu ihm. Wohl wissend, dass Ratten gefährliche Krankheitsüberträger sind, zog sie hinter seinem Rücken die tote Ratte erneut aus der Tonne (Ingvilds Vater war preußischer Revierförster in Schlesien gewesen, von ihm hatte sie ihre Unerschrockenheit geerbt.).

König blieb wie versteinert stehen. Ingvild hielt ihm die Ratte am Schwanz vors Gesicht: „So, Herr König, jetzt haben wir sie überall und Sie versorgen sie auf ihrem Balkon freigebigst mit Erdnüssen!"

Ohne ein Wort ergriff König die Flucht.

Im Garten begann Ingvild mit der Suche nach dem „Wohnort", dem Nest der Ratten. Unter einer dicken Schicht Efeu nahe der Straße wurde sie fündig. Unter einem kreisrunden Metalldeckel, den es ihr gerade so gelang, anzuheben und beiseite zu schieben, sah sie in der Tiefe dank des Tageslichtes eine regelrechte Ratten-Autobahn mit regem Verkehr in beide Richtungen. Sie schob die Platte wieder zurück auf ihren Platz und sagte lakonisch zu sich selbst: „Aha, daher kommen sie also!"

Ingvild besprach die nächsten Schritte mit unserem Sohn. Auf einen Anruf beim Ordnungsamt hin erschienen zwei gepflegte Damen, die sich Ingvilds Story ungläubig anhörten, aber bald wieder verschwanden, da ihr Schuhwerk für eine Begehung im tiefen Efeu nicht geeignet war.

Michael wandte sich daraufhin an die staatliche Veterinärbehörde, wo ihm der leitende Tierarzt erklärte, dass es momentan eine deutliche Zuwanderung von Ratten aus dem ehemaligen Ostberlin gebe, weil deren Bekämpfung dort sträflich vernachlässigt worden sei. Aber er schicke jemanden.

Der Mitarbeiter von dort ließ eine hochgiftige „Schwarze Box" in den Schacht, sie direkt in die „Autobahn" platzierend, was das Ende der Rattenplage in der Villa bedeutete.

In der Folge wurde freilich die spätere Verwalterin Ingvild für den Miteigentümer König zum Feind Nummer 1. Wo er nur konnte, legte er Hindernisse in den Weg und versuchte, ihr das Leben schwer zu machen.

König, der einzig verbliebene Miteigentümer der Villa seit dem Umbau 1961, erreichte das hohe Alter von 88 Jahren. Mit eiserner Disziplin startete er täglich Punkt 7:30 Uhr seine anderthalbstündige Umrundung des Grunewaldsees, immer ohne Begleitung. Zum Mittagessen ging's in die Kantine des ehemaligen Mendelsson-Palais, wo er sich gerne anschließend eine Tasse Kaffee von der weiteren Miteigentümerin Evelyn spendieren ließ.

Bezüglich seines Testamentes hatte er seine Nichte in Mannheim wissen lassen, dass der Tierschutzverein sein alleiniger Erbe sei. Die durch ihn vielfach gepeinigte Ingvild sah ihre Chance, sich wenigstens dieses eine Mal für die vielen Schikanen zu revanchieren.

Flugs organisierte sie einen Notar mit dem Äußeren eines Filmstars, dem es tatsächlich gelangt, den schwulen König zur Änderung seines Testaments zu Gunsten seiner Nichte zu bewegen. Nach seinem Tod erschien die besagte Nichte bei Ingvild mit einer großen Plastiktüte in den Händen: „Was soll ich nur machen? Hier drin sind Kontoauszüge über weit mehr als eine Million!"

„Das begießen wir erstmal mit einer Flasche Rotwein! Dann sehen wir weiter."

Charles Dickens nannte seinen berühmten Geizkragen „Mr.Scrooge". Seit dieser Offenbarung durch die Nichte hatte auch unsere Villa ihr passendes Gegenstück. Der Mann, der (zu damaligen Quadratmeter-Preisen) locker alle Wohnungen des ersten Stocks hätte aufkaufen können, zwängte sich lieber in die mit 37 m2 kleinste Wohnung der Villa, und ergötzte sich daran, Verwaltung und Miteigentümer zu schikanieren, während sich bei seiner Bank „Scheinchen auf Scheinchen" türmte.

Wer übrigens glaubt, Ingvild hätte wenigstens eine kleine Provision für die Millionen-Vermittlung erhalten, irrt. Insofern erwies sich die Nichte aus dem Holz vom gleichen Stamm wie ihr verstorbener Onkel.

5. Ein weiblicher Highflyer-Ikarus, im Fahrstuhl nach unten

„Menschen, die nicht mit Geld umgehen können, befinden sich bereits im Fahrstuhl nach unten!", hatte unsere langjährige Steuerberaterin einmal geäußert, als ich sie nach einer „fachfraulichen" Erklärung gefragt hatte.

Auf niemanden traf dieser Satz mehr zu, als auf Mutter und Tochter Pringel, erstere verwitwet, letztere zweimal geschieden, die uns unsere erste Wohnung in der Villa verkauft hatten.

Im Laufe des Vierteljahrhunderts unserer Bekanntschaft veräußerten sie alle paar Jahre eine ihrer Immobilien, um ihren aufwändigen Lebensstil beibehalten zu können. Aber lassen Sie mich von vorn beginnen.

Als wir im Frühjahr 1991, knappe anderthalb Jahre nach dem Mauerfall, Mutter Pringel die Wohnung mit dem historischen Herrenzimmer abkauften, hatte ihre Tochter Bettina - der weibliche Ikarus – ihren Lebenszenit bereits überschritten.

Diesen Zenit erlebte sie während ihrer zweiten Ehe mit einem Textilimporteur. Beide verhandelten mit Sri Lankas Regierung um ein ausschließlich für sie selbst produzierendes Textilwerk. Es ging ihnen mehr als gut. Sie besaßen unter anderem ein Weingut mit Tennisplätzen in Südafrika.

Ihr Satz: „Ich war nicht Geschäftsführerin. Ich hatte Geschäftsführer, die für mich arbeiteten.", war typisch für sie.

Ihr zu dieser Zeit beginnender Abstieg muss für die früher als Model umschwärmte Kindfrau mehr als bitter gewesen sein. In ihrem Leben danach wurden diese beiden Höhepunkte aus überbordender Nostalgie wohl jeder neuen Bekanntschaft „aufgetischt".

Den Grund für ihr Lebensversagen würden Psychologen unschwer in der Mutter-Tochter-Beziehung finden. So unglaublich es klingen mag: Auf den jährlichen Eigentümerversammlungen der Villa hat sich Bettina Pringel nicht ein einziges Mal blicken lassen. Ihre Mutter führte dort das große Wort, gemeinsam mit dem ehemaligen Gartenbaudirektor König (Das Kapitel 4 über ihn haben Sie gerade gelesen.). Ihr verstorbener Mann arbeitete in der Chefetage der Berliner Polizei. Sie bezog eine stattliche Pension und fühlte sich vor diesem Hintergrund ebenso mächtig wie Gartenbaudirektor König.

Ihre Tochter führte hingegen in dem von ihnen beiden gepachteten Tennisclub Regie. Dort gab sich die Hautevolee der Ladenbesitzer von Berlins Kurfürstendamm ein fortwährendes Stelldichein, was wohl auch das „Mithalten Wollen" mit erfolgreichen Geschäftsleuten nach sich zog.

Mit Bettina ging es von nun an bergab. Mutter und Tochter veräußerten im Lauf der folgenden Jahre
- ihr Weingut in Südafrika,
- die Herrenzimmerwohnung in der Villa
- und eine weitere Wohnung in Spanien.

Ihr herrisches Auftreten blieb, allerdings auch eine erfreulich faire Anerkennung unserer Arbeit als Hausverwaltung. Warum die beiden Ehen Bettinas scheiterten, liegt vermutlich an einer ordentlichen Portion Größenwahn, was die folgende Anekdote nur bestätigt:

Die Zustände in der Villa waren mit der Zeit unhaltbar geworden. Aus diesem Grund begannen wir mit Wissen der anderen Miteigentümer mit großen Bauträgern über einen Gesamtverkauf der Villa zu verhandeln. Die Gespräche entwickelten sich ausgezeichnet, bis Bettina Pringel hinter unserem Rücken – alles zerstörend, was wir bis dahin erreicht hatten - eine regelrechte „Granate" hochgehen ließ.

Unser Verhandlungspartner eröffnete uns unerwartet, dass Frau Pringel am Vorabend bei ihm im Büro vorgesprochen und für den Fall ihrer Zustimmung zum Gesamtverkauf folgendes gefordert hätte:

- eine 100 Quadratmeter große Wohnung in dem geplanten Villenneubau, wobei ihre bisherige Wohnung in der alten Villa nur 59 Quadratmeter zuzüglich direkt zugänglicher Kellerfläche groß war
- und einen Betrag von 100.000, - Euro bar auf die Hand.

Das Gespräch mit dem Verkaufsleiter fand im Beisein des Juniorchefs statt. Ersterer erklärte um Fassung ringend: „Wir haben mit einer Verrückten verhandelt!"

Zum Ende ihres Lebens hin litt Bettina unter starker Atemnot und musste ständig eine Sauerstoffflasche mit sich führen. Ihre Sehnsucht nach Normalität ließ sich auch daraus ersehen, dass ihr in ihren letzten Monaten wenig wichtiger war, als an jedem Wochenende Gespräche mit Ingvild zu führen, die ihr gelegentlich etwas zu essen brachte. Alle anderen hatten dann umgehend ihre Wohnung zu verlassen.
Möge ihre Seele Frieden gefunden haben.

6. Ein eleganter Mietnomade auf der Durchreise

Klaus Mehlert war ein „Gentleman-Mieter", der uns bei seiner Vorstellung durch seine aristokratische Art sofort verzauberte. Weder Snob noch Wichtigtuer - er schien einfach nur sympathisch und irgendwie auch edel zu sein.

Wir stutzten zum ersten Mal, als er nach der Unterzeichnung seines Mietvertrages sofort seine Reisetasche von der Art, mit der Tennisschläger transportiert werden, in seine künftige Wohnung stellen wollte. Wir verweigerten ihm dies aus Vorsicht und bestanden darauf, dass zuerst sowohl die Kaution und die erste Monatsmiete überwiesen werden müssten.

Aus Mehlerts für den Mietvertrag vorgelegter Bewerbung waren zu unserem nicht geringen Erstaunen folgende Referenzen – wie nur von einem Hochstapler denkbar - angegeben:

- Der Wirtschaftsminister eines Bundeslandes
- Der Präsident eines Unternehmerverbandes
- Der Geschäftsführer desselben, mit Doktortitel
- Der Vorstandsvorsitzende eines bekannten Spirituosenherstellers
- Der Vorstand eins weiteren Konzerns
- Der Professor-Chefarzt eines Krankenhauses

Nach dem Einzug besuchten wir ihn in seiner Wohnung und staunten über die riesigen Fotos an der Wand. Sie zeigten eine junge Frau - seine Tochter - mit Pferden. Ein andermal flatterte eine Quittung durchs Treppenhaus, aus der hervorging, dass der noble Herr aus einem Feinkostladen in der Fasanenstraße „handgefertigte Spaghetti" bezog. Schon erstaunlich…

Ob er seine Reit- und Jagd-Utensilien in einer der Gartenhütten unterbringen könne? Kein Problem, wir arrangierten das. Ein anderes Mal erzählte er, dass er Vorstandsmitglied eines Vereins in der Prignitz sei, der die Erinnerung an einen dort geborenen Dichter hochhalte, und zeigte uns ein Schreiben (Bittbrief betreffs eines Museumsprojektes) an die Nachkommen des dort ebenfalls gebürtigen Unternehmers Herbert Quandt, heute Eigner des BMW-Konzerns.

Exakt drei Monate nach dem Einzug begannen Mehlerts Mietzahlungen zu stocken, die Zahlung für den fünften Monat blieb ganz aus. Wir hatten die Wohnung möbliert vermietet, Mehlert schien nicht mal Möbel zu besitzen. Pleite war er also auch!

Auf Mahnungen reagierte er nur mit stark verspäteten Teilzahlungen, seinen Mietvertrag kündigte er nicht freiwillig. Nach Erreichen des gesetzlich vorgeschriebenen Mietrückstandes sahen wir uns gezwungen, ihm fristlos zu kündigen.

Einmal klingelte er in diesen Tagen an der Haustür. Ingvild schaute zufällig aus einem Fenster aus dem ersten Stock, sah ihn unten stehen und rief laut:

„Herr Mehlert, Sie sind ein Hochstapler!"

Er duckte sich verschreckt und rief zurück: „Nicht so laut!"

Als er seine Jagdsachen zurückhaben wollte, wurde ihm beschieden, dass er zuerst seine Mietrückstände komplett ausgleichen müsse. Das bezeichnete er seinerseits als Eigentumsdelikt und drohte mit der Polizei, was natürlich folgenlos blieb.

Dies ist das bedauerliche Beispiel eines beruflich komplett Gescheiterten, der sich – zum Teil sicher auch wegen Mobbing aus Neid – in keiner seiner verschiedensten Tätigkeiten halten konnte. Ständig machte er irgendwelche Weiterbildungen. Da er aber weiterhin auf zu großem Fuß lebte, wurde die Diskrepanz zwischen seinem Wunschdenken und der Wirklichkeit immer größer.

Die tiefere Ursache des Misserfolgs ist fast immer im zu verwöhnten Aufwachsen in einer sehr gut situierten Familie zu suchen. Jahre später erlebten wir einen ähnlichen Fall in Potsdam, zu dem sich auch noch schwere Depressionen einstellten, sodass am Ende tragischerweise ein – mit etwas Hilfe sicher vermeidbarer - Suizid die Situation beendete.

Folgende Anekdote aus dem Leben der Rockefellers – Teil von Amerikas Finanzelite - dürfte für den verehrten Leser zur besseren Erklärung der psychologischen Zusammenhänge interessant sein:

In einer Biographie von Nelson Rockefeller, fünfmaliger Gouverneur des Staates New York und im Jahre 1968 Kontrahent von Richard Nixon für die republikanische Präsidentschafts-Kandidatur, wird die folgende Geschichte erzählt:

Den fünf Enkelsöhnen des Gründers von Standard Oil und erfolgreichsten Unternehmers aller Zeiten war strikt untersagt, ihren Großvater John D. Rockefeller in seinen Büroräumen in der Fifth Avenue zu besuchen. Außerdem wurden sie zu strikter Sparsamkeit erzogen.

Als die genannten Enkel eines Tages im Teenager-Alter eine Ruderpartie auf dem See von New Yorks Central Park machten, wurden sie von den Vanderbilt-Enkeln (Eisenbahn-Magnat) überholt und sollen dabei ausgerufen haben:

„Die sind ja r e i c h !"

Die Rockefeller-Enkelsöhne wurden später ausnahmslos Gouverneure von amerikanischen Bundesstaaten oder Chefs von Großbanken. Von beruflichen Erfolgen der Vanderbilt-Enkel ist dagegen nichts überliefert.

7. Der Schrecken der Berliner Altbauten

Da es aufgrund der finanziellen Bedürfnisse unserer Handelsfirma nie ganz sicher war, ob wir den gewaltigen Hypothekenberg unserer wie in einer Art „Eroberungsrausch" erworbenen Wohnungen auf Dauer würden bedienen können, waren befristete Mietverträge Pflicht, um einzelne Wohnungen jederzeit wieder verkaufen zu können.

Das Professoren-Ehepaar Richards, das nur für ein halbes Jahr möbliert mieten wollte, kam uns also gerade recht. Außerdem gab es durchaus Grund für die Annahme, zukünftig vielleicht anregende Diskussionen mit diesen beiden Intellektuellen zu erleben.

Hinsichtlich interessanter Gespräche wurden wir nur enttäuscht: Der Herr Professor entpuppte sich als recht schweigsam, seine hausbackene Ehefrau zeigte in dieser Beziehung einfach nichts. Sie entschädigte dafür über die Maßen mit ihren bühnenreifen „Nicht-Fähigkeiten" als Hausfrau, die das Zeug zu einem echten Thriller hatten.

Der Start aller folgenden Katastrophennachrichten begann mit ihrer stark verspäteten Meldung, dass ihre Whirlpool-Wanne verstopft sei. Das war auch so, und zwar mit ihren eigenen, beträchtlichen Haarmengen. Wir hatten den größten Wasserschaden seit Errichtung der neun Eigentumswohnungen im Jahre 1961. Das Wasser lief sogar im Parterre die Wände herunter, und die über Monate sichtbare Durchfeuchtung der Außenwand erstreckte sich über mehr als fünf Meter.

Im Vergleich zu diesem Großschaden verblassten die abgerissene Tür der Waschmaschine und ein paar kleinere Schäden beinahe.

Das Ehepaar zog nach dem halben Jahr in ein nahegelegenes Zweifamilienhaus, nachdem dort Küche und Bad aufwendig renoviert worden waren. Die ausgewiesene „Verstopfungs-Spezialistin" setzte auch dort prompt „noch einen drauf": Zwei Monate nach ihrem Einzug verursachte sie eine derart kolossale Verstopfung der Abwasserleitungen, dass diese bis zur Straße aufgegraben und neu verlegt werden mussten. Es entstanden Kosten von mehr als 40.000 DM.

Das Haus war dadurch vorübergehend unbewohnbar. Das Ehepaar Richards wandte sich erneut hilfesuchend an uns. Der Mensch ist grundsätzlich vergesslich, wir sind außerdem nicht nachtragend sondern eher hilfsbereit und willigten naiver Weise ein, beide noch einmal bei uns einziehen zu lassen, diesmal allerdings in eine Wohnung ohne Whirlpool und nur für zwei Monate.

Jetzt waren alle „Schleusen" geöffnet. In den folgenden, nur acht Wochen „lieferte" Frau Professor die hier folgende Gruselliste an Beschädigungen:

1. Eine Unikat-Wandlampe zerbrochen (angeblich beim Staubsaugen)
2. Hänge-WC um fünf Zentimeter abgesackt, Dichtung gelöst
3. Ein Stück aus der Küchenschranktür herausgebrochen
4. Das Dusch-Sieb entfernt, dadurch erneut Haar-Verstopfung in der Dusche
5. Die Oberfläche des antiken Sekretärs zerkratzt
6. Die Herdoberfläche zerkratzt

7. Das Bügelbrett angesengt
8. Kerzenwachs auf sämtlichen Fensterbänken
9. Ein Glasbehälter in der Küche angeschlagen
10. Tellergroße braune Flecken (Tee/Kaffee) auf den Inletts der Betten.

Zu dieser rekordverdächtigen Zehnerliste gesellte sich als Zugabe noch das Mal heur mit dem Wasserhahn in der linken Garage, wo Frau Richards nicht mal etwas zu suchen hatte: Sie hatte diesen extrem schwer zu schließenden Hahn aus unerfindlichen Gründen geöffnet. Warum nur? Ihn zu verschließen gelang ihr nicht mehr, sodass das Wasser munter und lange lief und schlussendlich ins Fundament eindrang. Sie verlor darüber kein Wort an uns. Wir haben diesen Schaden Wochen nach ihrem Wegzug nur durch Zufall entdeckt.

Dieser Gedanke ist noch heute entsetzlich: Ganz zu Anfang hatten wir die vage Idee, das Ehepaar Richards in die Eigentümergemeinschaft aufzunehmen. Wäre es dazu gekommen, hätte die Villa inzwischen vermutlich abgerissen wer den müssen...

8. Was uns die anstrengende Aktion mit der Harke auf dem Dach lehrte

Man sagt, dass den meisten Erfindungen Zufälle zugrunde liegen. Zufälle können - neben Erfindungen - aber auch banale Erkenntnisse bringen. Hier ein Beispiel, geliefert von meinem „weiblichen Daniel Boone".

Ingvilds Kleinst-Apartment hatte unterhalb der Südfenster ein nur leicht schräges Dach, das den Wintergarten der Parterre-Wohnung abdeckte.

Auf diesem Dach hatte „Daniela Boone" unterhalb der Fenster ihrer Mieternachbarin Frau Peterson eine schon arg lädierte Zeitschrift entdeckt, die dieser unbemerkt aus dem Fenster gefallen war. „Meine bessere Hälfte" mit ihren Sherlock-Holmes-Fähigkeiten entschied, Frau Peterson nicht zu informieren, was sich bald als cleverer Schachzug herausstellen sollte.

Aber in diesem Moment war ich gefragt. Als der Größere von uns beiden hatte ich mit zwei Harken aus den Garagen anzutreten und mit deren Hilfe die Zeitschrift zu holen, bevor sie in die Dachrinne fiel und den Regenwasserabfluss blockieren konnte.

Gesagt, getan. Die kürzere Harke reichte nicht, und auch die längere war zu kurz. Daher lautete die Instruktion der Praktikerin in unserer Ehe: „Beide Harken so zusammenbinden, dass eine insgesamt sehr lange Harke entsteht! Dann ganz weit hinauslehnen und mit ihr die Zeitschrift heranharken."

„Unmöglich!"- mein Kommentar dazu. Tatsächlich aber gelang es, unter Ächzen und Stöhnen, bei gleichzeitiger äußerster Armdehnung und dennoch ohne aus dem Fenster zu fallen, das Objekt der Begehrlichkeit mit einer der Zinken der „Kombi-Harke" zu krallen und es schließlich zu uns zu ziehen.

Die zerknitterte und durch Regen schon sehr in Mitleidenschaft gezogene „Beute" war – sieh mal einer an - eine Mieterzeitschrift, die von Anfang bis Ende über die Rechte von Mietern informierte und als pikantes Beiwerk derbe Geschichten über „Hausbesitzer-Grausamkeiten" lieferte!

DAS war also die regelmäßige Lektüre unserer werten Mieter! Auf den Gedanken, ein Pendant für Hausbesitzer zu abonnieren, waren wir bisher nie gekommen, da wir seit jeher nicht auf juristische Spitzfindigkeiten, sondern deutlich lieber auf Common Sense und Fairness bauten und bauen.

Es gab bereits genug Ärger im Hause. Zum Beispiel den rauschgiftsüchtigen Mieter eines Miteigentümers, der schlicht Geld brauchte und daher begonnen hatte, heimlich eine Hundepension im Hause zu betreiben. Wir lasen einfach mal genauer in unserem erbeuteten Journal nach...

Nur zwei Tage später schickten wir dem Mieter im Parterre, der nach eigener Aussage dem Süchtigen für die Versorgung seiner vier Möpse monatlich 300 Euro zahlte und ihm so indirekt seine Drogen finanzierte, eine längst überfällige Mieterhöhung.

Wir hatten lange mit einem solchen Schritt gezögert, weil zum einen diese Wohnung extrem schwer zu vermieten war, und weil wir uns zum anderen mit dem Besitzer der Möpse, einem über die ganze Welt reisenden Chef-Steward, persönlich gut verstanden. Aber wenn jemand beginnt, Kulanz trickreich oder gar unverschämt auszunutzen, muss ihm seitens der Vermieter entgegengetreten werden.
Im Mietermagazin stand folgendes: „ Kappungsgrenze = Maximale Mieterhöhung von 20 Prozent innerhalb von drei Jahren nach Beginn des Mietverhältnisses (vgl. § 558 Abs. 3 BGB)." Die Zeitschrift hatte uns quasi darauf gestoßen...

Das anstrengende Hark-Manöver auf dem schrägen Dach hatte also zur Folge, dass wir für zwei Parterrewohnungen die Zügel etwas anzogen, die wir zu lange hatten schleifen lassen. Unsere Verhandlungen mit dem Vermieter „des Drogenmannes" wegen fristloser Kündigung lagen im Interesse aller Hausbewohner, die sich endlos über die Zustände in dessen Wohnung beklagten.

9. Wie ein Mafia-Pärchen fast das Kutscherhaus erwarb

Der charmante, Jovialität ausstrahlende Makler hatte es offensichtlich nicht begriffen. Oder war er nur gerissen und rücksichtslos genug, lediglich an seine fünfstellige Provision zu denken?

Selbst mir waren bei dem italienischen Ehepaar, das uns unbedingt das (freistehende) Kutscherhaus abkaufen wollte, gleich mehrere Dinge sehr merkwürdig vorgekommen:

1. Der Preis schien völlig egal zu sein, es zählte nur, anderen Interessenten zuvorzukommen.
2. Das Paar stieß sich nicht wirklich an den Schwachpunkten des eher für kleinwüchsige Leute gebauten Kutscherhauses. Dass sich der 1,90 m große Ehemann in der Dusche und beim Hochgehen zur Dachterrasse immer wieder bücken musste, war nicht von Bedeutung.
3. Dafür war beiden der abschließbare Verschlag im Keller sehr wichtig.
4. Dass einmal jährlich ein Heizkörper-Ableser in alle Zimmer kommen würde - von niemandem je zuvor beanstandet - fanden sie gar nicht gut.

5. Ihre Frage: „Und ja, kann man (Flucht-?) Autos in beiden Garagen unterstellen? Und davor darf tatsächlich niemand anders parken?"
6. Die Mülleimer an der Seite müssten weg, die anderen Hausbewohner sollten nicht ständig vor dem Haus und ihren Fenstern vorbeigehen.
7. Als sich der Makler nach dem Beruf der beiden erkundigte, ratterte der Ehemann ein paar Tätigkeiten so schnell herunter, dass es unecht und auswendig gelernt wirkte.

Das Ehepaar aus Florenz - sie gemütliche Italienerin, er ein etwas hölzerner Deutscher, angeblich in einer Nachbarstraße in Grunewald aufgewachsen – ging. Ich bereitete mir mein gewohnt spartanisches Abendessen und grübelte nicht nur über den Blick des Mannes, der etwas irgendwie Verschlagenes hatte, sobald er nicht mehr lächelte, sondern auch über die Drohung des Maklers, das „Open House", also den Besichtigungstermin am Sonntag abzusagen, wenn ich nicht begreifen würde, dass bei dieserart Schnellentschlossenen sofort zum Notar gegangen werden müsse.

Nachdem ich gegessen hatte und den Fernseher einschaltete, um die Nachrichten zu sehen, machte es unvermittelt „Click" in meinem Kopf: Ich hatte soeben meinen ersten Kontakt mit Italiens Cosa Nostra, der sizilianischen Mafia!

Das ach so harmlose Ehepaar präsentierte nur eine bürgerliche Fassade, um ein nahezu perfektes Grunewald-Versteck keine fünf Minuten von der Autobahn entfernt, zu kaufen. Ingvild war leider zu diesem Termin verhindert. Meiner Einschätzung stimmte sie jedoch wenig später vorbehaltlos zu. Wir sagten den Verkauf an diese beiden ab.

Meine Übervorsicht im Umgang mit Italienern lässt sich erklären. „Gebrannte Kinder" gibt es sogar in meiner Verwandtschaft. Ein Stuttgarter Cousin hatte sich überreden lassen, sein väterliches Erbe in ein süditalienisches Einkaufszentrum zu investieren. Dabei kam er, ohne es zu ahnen, vermutlich der Mafia in die Quere. Sein Compagnon wurde umgebracht, ihm selbst ein Felsbrocken aufs Auto geworfen. Die Absicht, die dahinterstand, war mehr als eindeutig. Ihm blieb nur die Flucht.

10. Nächtliche Übergabe des Kutscherhauses an einen geheimnisvollen „Mr. X"

Der Makler stand bei unserem Telefonat kurz davor, auszurasten: „Ich halte das nicht durch! Hier ist ein Interessent, der mich im Halbstundentakt anruft. Sie müssen seine Besichtigung unbedingt noch v o r das „Haus der offenen Tür" verlegen!"

Wir fügten uns seinem Wunsch. Das dann erscheinende Ehepaar entschied sich tatsächlich noch während der Besichtigung zum Kauf, die Ehefrau wurde die alleinige Käuferin. Notarvertrag und Zahlung waren relativ schnell durchgezogen, und jetzt erwarteten Ingvild und ich die Schlüsselübergabe.

Es war bereits 21:45 Uhr an einem Sonntagabend und draußen stockdunkel, als „Mr. X" uns von seinem Mobiltelefon anrief: „Ich bin jetzt an der Bismarckallee. Wo soll ich klingeln?"

„Läuten Sie an der Außentreppe des Kutscherhauses. Wir werden oben warten."

Wie soll man einen Mann beschreiben, der keine eigene Visitenkarte hat, und von dem die Ehefrau sagt, Chauffeure eines Ministeriums würden ihn abholen, wenn es in Verhandlungen zu Blockaden kommt?

Auf jeden Fall hatte er die physische Agilität eines Quarterbacks im American Football! Ich hätte ihn liebend gern fotografiert, wie er die Treppe heraufgerannt kam, aber Ingvild stoppte mich: „Lass das! Dieser Mann will nicht fotografiert werden."

Nach der Begrüßung erklärte ihm Ingvild die Lichtschalter, Heizkörper, Ventile und Küchengeräte. Ich übernahm die Terrassentüren sowie die linke Garage. Mr. X unterschrieb daraufhin für den Erhalt zweier Schlüssel sowie die Ablesung des Elektrozählers.

Die ganze Zeit bestaunte unser Besucher den blitzsauberen Zustand der Wohnung. Ingvild antwortete ihm, dass dies doch nichts weniger als normale Höflichkeit einem Käufer gegenüber sei! Sie hatte in der Vorwoche unsere Büroreinigungskraft extra in den Grunewald geholt.

Als nächstes erhielt „Mr. X" ein paar Aufmerksamkeiten von uns:

- Ein antiquarisches Exemplar von „100 Jahre Villenkolonie G.",
- Wolfgang Joops Hommage an Berlin, eingerahmt, und
- den ersten Prospekt des nahegelegenen Schloss Hotels, nach dem Redesign durch Karl Lagerfeld.

Zum Schluss standen wir drei (Seine Frau war nach gleich zwei Kindergeburtstagen am selben Nachmittag zu erschöpft zum Kommen) mit Sektgläsern in der Hand im Dunkeln auf der unbeleuchteten Dachterrasse und schauten auf die nahen Bäume und den nächtlichen Sternenhimmel. Da überwältigte unseren neuen Miteigentümer die schiere Begeisterung, und er rief aus: „Dass es s o e t w a s in Berlin gibt?"

Es folgten drei heftige Umarmungen, eine galt meiner Wenigkeit.

Innerhalb der nächsten beiden Jahre entwickelten sich unsere Kontakte auf das Allerbeste, und unsere neuen Miteigentümer waren drauf und dran, auch noch die Rechte für den Dachstuhlausbau des Hauptgebäudes zu erwerben.

Bis aus heiterem Himmel die Kehrtwende kam und auf „Angriff" geschaltet wurde. Urplötzlich wurde eine Unklarheit bezüglich der Baugenehmigungen für das Kutscherhaus hochgespielt und mit der Rückabwicklung des Kaufvertrages gedroht.

Diese völlig überraschende Entwicklung war aber nur einer der Gründe, warum wir den Gesamtverkauf des Objektes nur ein Jahr später gegen alle Widerstände durchzogen, um von dem vielen Ärger nicht krank zu werden. Die Lehre aus allem lautet wohl: Schließe keine Immobilienverträge mit Menschen, deren Hintergründe du nicht kennst.

11. Ein drogensüchtiger Mieter, der direkt aus der Hölle kam

Das also war der neue Mieter von Carsten Wagner für seine beiden kleinen Parterre-Wohnungen. Kravitz hatte den anmaßenden Blick eines Schlägers und routinierten Kleinkriminellen - jederzeit bereit, sich zu prügeln. Der polnische Gangster schien im Vergleich zu ihm wie ein Wunder an Zivilisiertheit.

EINLEITUNG

Die Beweggründe von Wagner, eine solche Schreckensfigur in eine Grunewald-Villa als Mieter zu holen, waren nicht schwer zu durchschauen. Erstens waren die Mieteinnahmen von einem drogensüchtigen Hartz IV-Empfänger quasi garantiert. Und zweitens konnte dieser Schachzug das Wegziehen und den Verkauf durch andere Miteigentümer zur Folge haben.

Die ersten Zusammenstöße mit anderen Hausbewohnern ließen nicht lange auf sich warten. Schon nach wenigen Wochen erscholl Kravitz' Ruf im Garten: „Ich bring Dich um!", gerichtet an den Mieter der Souterrain-Wohnung. Das hörte rein zufällig Ingvild, die seit 1998 amtierende Verwalterin, die gerade eine Wohnungsbesichtigung durchführte, eilte aus dem Haus und rief energisch:

„Hier wird n i e m a n d umgebracht!"

Dem Nachbarn, der die Szene verfolgt hatte, rief Kravitz zu: „Du bist als Nächster dran. Du glotzt mir schon viel zu lange zu sehr!"

Die Konfrontation mit Ingvild, die im Auftrag aller Miteigentümer sehr an Ruhe im Haus interessiert war, schien vorprogrammiert.

DER MORDVERSUCH

Die Spannungen im Haus hatten bereits nach wenigen Monaten ein solches Ausmaß erreicht, dass Kravitz eines Tages im Drogenrausch die Treppe hochstürmte und an unserer Wohnungstür klingelte. Ingvild war nicht zu Hause, und Kravitz schlug mit einem spitzen Gegenstand zwei tiefe Kerben in die Tür.

Die Hausverwaltung wertete das als glatten Mordversuch und erstattete umgehend Anzeige bei der Polizei. Erstaunlicherweise gelang es dem routinierten Kriminellen, eine Zeugin aufzubieten, die genau in diesem Moment im Parterre des Treppenhauses gewesen sein wollte und die Schläge auf die Tür im Obergeschoss im polizeilichen Verhör leugnete. Die Polizei legte die Anzeige folglich zu den Akten und erwähnte die beiden Kerben in der Tür nicht einmal mehr!

DIE HERABSTÜRZENDE BETONWAND

Aus lauter Wut begann Kravitz von da an, die Haustür immer heftiger zuzuschlagen. Das ganze Haus erbebte jedes Mal. Ermahnungen ignorierte er vollständig. Eines Nachts gab es dann einen gewaltigen „Rums".

Am nächsten Morgen stellte sich heraus, dass eine Fläche von mehr als zwei Quadratmeter Beton von der Wand über der Haustür heruntergebrochen war, ein bis zwei Tonnen schwer. Eine 100 Jahre alte Jugendstilfigur, die sich direkt über der Haustür befunden hatte, war verschwunden. Wäre einer der Hausbewohner in diesem Moment durch die Tür getreten, hätte er diesen Steinschlag nur schwerlich überlebt.

DIE MANIPULIERTEN HEIZKÖRPERVENTILE

Die Heizkostenabrechnung 2014 ergab für die beiden von Kravitz und seiner Frau bewohnten Wohnungen überraschend nur noch 20 Prozent der bisherigen Heizkosten. Entweder trug man dort jetzt ganztägig Pelz, oder die Ventile waren manipuliert.

Carsten Wagner betonte die extreme Sparsamkeit seiner neuen Mieter und wollte von einer möglichen Manipulation nichts wissen, zumal die Ablesefirma insistierte, dass eine Manipulation ihrer Ventile vollkommen ausgeschlossen sei.

Andererseits berichteten andere Hausbewohner, dass die Kravitz-Wohnungen „extrem warm" wären! Diesem Argument musste sich Wagner beugen. Man einigte sich schließlich auf einen Kompromiss - die Hälfte der Heizkörper-Ersparnis wurde abgerechnet.

Als Kravitz ein halbes Jahr später endlich ausgezogen war, stellte sich heraus, dass er die Ventile d o c h manipuliert hatte - dieser Mann war „vom Fach!"

DIE HEIMLICHE HUNDE-PENSION

Für die Finanzierung seiner sich ständig verstärkenden Drogensucht war Kravitz auf die Idee verfallen, heimlich eine Hunde-Pension im Haus zu eröffnen. Die Idee hatte ihm der Chef-Steward aus der Herrenzimmer-Wohnung geliefert, der Kravitz monatlich 300 Euro für die Betreuung seiner vier Zucht-Möpse zahlte.

Ankunft und Fortgang von Hundebesitzern bis hin zu „Gassi-Geh-Firmen" ließen sich natürlich nicht lange verheimlichen, auch wenn sie ausschließlich mit sogenannten „Freundschaftsdiensten" erklärt wurden. Außerdem protestierte der extrem unter Schlafmangel leidende Mieter im Souterrain immer lauter. Und es roch schlichtweg zunehmend mehr und übler aus der Wohnung.

Einmal klingelte Ingvild an der Wohnungstür, wissend, dass Frau Kravitz allein zu Hause war. Drinnen reagierte niemand, sodass sie flugs in die Hocke ging, durch den Briefschlitz blickte und direkt davor zwei Beine sah!

„Machen Sie auf, Frau Kravitz, ich kann Ihre Füße sehen!"

Diese hatte nicht die Kaltblütigkeit ihres Mannes, war durch diesen Ruf völlig aus dem Konzept gebracht und öffnete spontan die Tür.

Jetzt war endlich auch für Wagner das Maß voll, er erlaubte der Verwaltung endlich, Protokoll über das Kommen und Gehen der Hunde zu führen. Auch Fotos wurden vorsichtshalber aus sicherer Entfernung als Beweismaterial für eine Räumungsklage wegen unzulässiger geschäftlicher Nutzung einer Wohnung gemacht.

Die Schreckensfigur Kravitz hinterließ ihrem ehemaligen Verbündeten einen vergifteten Abschiedsgruß: Die Nachmieter waren bereits vor Monaten eingezogen, als die Verwalterin bei einer Kontrolle des Heizölkessels im Keller plötzlich in 15 cm tiefem Wasser stand! Kravitz, der Unberechenbare, hatte aus Rache in seiner Dusche die Abflussleitung komplett entfernt, sodass das Wasser über lange Zeit unbemerkt durch den Fußboden in den Keller gelaufen war...

Der Mietnachfolger von Kravitz steigerte im Übrigen dessen Gewaltpotential weiter, was dem Haus wegen der vielen Polizeieinsätze in der Nachbarschaft den Ruf „Haus des Schreckens" eintrug. Ein auf Dauer unhaltbarer Zustand und Hauptgrund dafür, dass die vier Eigentümer-Parteien schließ den Gesamtverkauf der Villa ins Auge fassten.

12. Der Chef-Steward, der sich einen ungarischen Lover im Haus hielt

„Sie nehmen mir meinen besten Mieter weg!", war Carsten Wagners zorniger Ausruf, als die Modeboutique in der Herrenzimmer-Wohnung nach jahrelangen Verlusten das Feld räumte - ihre Lage war für den dringend nötigen Publikumsverkehr einfach zu verborgen.

Aber die Parterre-Wohnung war jetzt nun mal frei. Es musste auf die Wünsche des „besten Mieters, den das Haus je hatte" Rücksicht genommen werden. Das Leerstands-Problem im ersten Stock löste sich nach dem Auszug des Flugbegleiters ziemlich schnell - eine geschiedene Single-Frau aus der Schönheits-Branche zog samt Hund und Schildkröten ein.

In seiner Airline-Uniform - nur ein einziges Mal habe ich ihn darin gesehen - machte Chefsteward Peter Schlimm eine wirklich schneidige Figur. Er muss mancher Passagierin ganz sicher den Kopf verdreht haben, zumindest solange sie nicht wusste, dass er „zum anderen Ufer" gehörte.

Mit dem oft ungewöhnlich guten Geschmack der Schwulen richtete Schlimm das Herrenzimmer richtig vornehm ein. Bei ihm konnte man sehen, wie dekorativ viele einfarbige, große Kissen auf Sesseln mit einer entsprechenden Beleuchtung wirken können.

Von seinen Flugreisen in alle Welt brachte der Steward mir nicht selten Nachrichtenmagazine mit - immer wieder ein Gewinn für mich, den Vielleser. Wenn ich an den Wochenenden im ersten Stock über Akten arbeitete, konnte ich nicht selten vernehmen, wie Schlimm im Garten das große Wort führte, meistens mit mehreren Hausbewohnerinnen als Zuhörer.

Die Beziehungen zwischen Schwulen sind für Heteros oft schwer durchschaubar. Näheres will man eigentlich nicht wissen. Fakt war, dass Schlimm sich plötzlich einen hünenhaften jungen Ungarn mit dem Gemüt eines Kindes als eine Art Lover hielt. Kam man mit diesem ins Gespräch, war der häufig den Tränen nahe.

Die Sache eskalierte, als durch eine Unachtsamkeit des Ungarn sechs neugeborene Möpse aus Schlimms Hundezucht allesamt von einem männlichen Mops totgebissen wurden. Das war das Ende der Beziehung zu dem Ungarn. Tränenreich verabschiedete er sich von uns.

Als Nächsten überzeugte der Steward den bereits erwähnten drogensüchtigen Kravitz, die Möpse während seiner dienstlichen Reisen in alle Welt zu betreuen. Diese Geschichte lesen Sie in Kapitel 11.

Das Ende der heimlichen Hundepension ging mit dem Auszug von Kravitz und dem damit unvermeidlichen Abschied von seinem Gönner einher. Beide verließen die Villa.

Den wirklichen Menschen hinter seiner Fassade kennenzulernen gelingt meist erst am Ende einer Beziehung. So auch bei Peter Schlimm. Als der feine Herr Chefsteward schließlich auszog, blieb er nicht nur zwei Monatsmieten schuldig, sondern hinterließ den für die Mopshaltung genutzten Nebenraum in einem geradezu entsetzlichen Zustand und lehnte zudem eine Beteiligung an den Renovierungskosten rundweg ab.

Einige Wochen später war Ingvild mit dem Rad unterwegs, als sie unseren Ex-Mieter auf der anderen Straßenseite herankommen sah. Sie stieg sogleich ab, um ihn zur Rede zu stellen. Der einen Kopf größere Feigling versteckte sich doch tatsächlich hinter einem Elektrokasten. Daraufhin rief Ingvild ihm laut zu: „Verstecken Sie sich ruhig! Sie heißen nicht nur Schlimm, Sie sind es einfach auch!"

13. Der erstaunliche Heizungsableser aus Ghana

Die Ablesefirma hatte Donnerstag, den 21. Januar 2016 als Termin für unsere Villa angekündigt. Ein Dilemma: Wir würden nicht im Hause sein. Durch einen Anruf gelang es Ingvild, den Termin auf Montag, den 18. Januar zwischen 13 und 14 Uhr vorzuziehen.

Jetzt musste dringend geklärt werden, ob auch alle Hausbewohner anwesend sein würden, um den Zugang zu den Ablesegeräten an den Heizkörpern gewähren zu können. Frau Petersen war „auf Arbeit", überließ aber Ingvild ihren Schlüssel. Herr Krumbach meldete sich überhaupt nicht, ihm warfen wir einen Zettel mit der Ankündigung der Ablesung in den Briefkasten. Die anderen Bewohner machten keinerlei Probleme.

Montag um die Mittagszeit tauchte der Ableser auf - ein übergewichtiger Mulatte mit übergroßen Augen und einer erstaunlichen, superdeutschen Ruckzuck-Arbeitsweise, sodass ich einige Mühe hatte, mit seinem Tempo mitzuhalten.

In sage und schreibe 30 Minuten waren alle neun Wohnungen erledigt! Auch die von Krumbach. Die Verwechslung zweier Wohnungen in seinem Handcomputer konnte ebenfalls geklärt werden.

Zum Schluss kamen wir kurz „aufs Politische" zu sprechen, und die für einen Patrioten damals unvermeidliche Frage:

„Für oder gegen Merkel?"
„Wie meinen Sie das?"
„Natürlich denke ich an die Flüchtlingskrise!"
„Herrgott, ich sag's schon seit Jahren - einfach ein paar Kanonenboote aufs Mittelmeer, und der Spuk ist vorbei!"

Ich war über diese Reaktion meines farbigen Gesprächspartners aufs Höchste überrascht und musste erstmal schlucken. Zumindest er brauchte nicht Jean Raspails Bestseller „Heerlager der Heiligen" zu lesen, einen 30 Jahre alten Zukunftsroman, in dem Frankreich von einem Millionenheer dunkelhäutiger Zuwanderer überrannt wird, und die Weißen in Enklaven flüchten.

„Zum Schluss noch eine Frage - Sie haben so einen ungewöhnlichen Namen - Odjidja - woher stammen Sie?"
„Ich bin Berliner, bin auch hier geboren!"
„Ja, aber Ihr fremdländischer Name, der muss doch aus einem weit entfernten Land kommen?"
„In der Tat, mein Vorfahre stammt aus Ghana!"

„Das ist ja ein Ding - ein Verwandter von mir war, gemeinsam mit seiner Frau, zehn Jahre lang in Ghana als Pfarrer und Missionar tätig und ist heute Geschäftsführer einer großen Stiftung in Berlin."
Darauf er: „Evangelische Kirche?"
„Ja."
„Jetzt halten Sie sich fest - mein Großvater war Präsident der Evangelischen Kirche von Ghana! Der kannte dann ganz sicher Ihren Verwandten."

Damit wandte er sich eilig zum Gehen und ließ einen völlig verdatterten Hausverwalter zurück.

14. Robert de Niro erzählt einen Immobilien-Krimi in seinem feudalen Büro

Auch andere Menschen hatten Geschichten im Grunewald erlebt, die nicht alltäglich sind. Wir erzählten unserem Notar von den zunehmenden Nöten in der Villa, in der wir wohnten. Dies parierte er sofort mit einem eigenen Erlebnis:

Ein gerade zugezogener, russischer Nachbar begann einen unverständlichen und unerträglichen Terror gegen ihn und seine Familie auszuüben und bedrohte schlussendlich sogar seine Kinder. Unser Freund, der Notar, gab auf und ergriff schließlich die Flucht. Er verkaufte sein Haus in bester Grunewaldlage und riet uns dringend, das Gleiche zu tun, bevor uns Schlimmes zustoßen und unsere Gesundheit leiden würde.

Nur eine Woche später saßen Ingvild und ich im imposanten Büro eines großen Bauträgers, genau an der Stelle, wo der Ku'-damm beginnt, prominent zu werden. Der wie ein Tänzer wirkende, menschlich höchst angenehme Verkaufsleiter Macef erinnerte mich in vielerlei Hinsicht an den Hollywood-Schauspieler Robert de Niro („Der letzte Tycoon"). Ich hatte ihn zuvor schon zweimal besucht. Um endlich Nägel mit Köpfen zu machen, war Ingvild dieses Mal dabei.

Mit einer schönen, humorvollen Geschichte von jeder Seite begann unser Gespräch. Ingvild erzählte vom Chefsteward Peter Schlimm, der zu früheren Zeiten in unserem Haus Mieter war.

Eine Miteigentümerin hatte den Garten mit einer riesigen, höchst kitschigen Tiger-Statue verunstaltet. Peter Schlimm mochte diese überhaupt nicht. Gar nicht ängstlich zielte er heimlich mit einer Zwille auf die Figur, die einen deutlich sichtbaren Sprung davontrug. Macef zeigte sich höchst amüsiert und notierte sogleich den gerade erlernten Fachbegriff für kleine Katapulte oder Steinschleudern.

Seine Story war hingegen viel mehr als eine Anekdote, hatte fast das Zeug zu einem Thriller. Ingvild und ich fühlten uns geehrt, dass er uns auf diese Weise ins Vertrauen zog. Dieses echte Grunewald-Drama trug sich wie folgt zu:

Eine 78jährige Villenbesitzerin war durch den unerwarteten Tod ihres Ehemannes Witwe geworden. Gewohnt, alle wichtigen Entscheidungen ihrem Gatten zu überlassen, fand sie sich schlagartig auf sich selbst gestellt wieder. Ihre außerhalb von Berlin lebende Tochter hatte wenig Zeit für sie. In ihrer Not wandte sie sich bezüglich aller behördlichen und steuerlichen Angelegenheiten an ihren Steuerberater.

Dieser, ein etwa 40jähriger Charmeur, begann, die alte Dame derart für sich einzunehmen, dass er schließlich ihr Liebhaber (!) wurde. Wie bei Heiratsschwindlern üblich, überredete sie der ihr eine zweite Jugend verschaffende Beau erfolgreich, doch ihm die Hälfte ihres Erbes zu übertragen.

Die alte Dame verstarb ebenfalls. Die Tochter wollte mit dem Halunken, der ihre Mutter so perfide und böse hereingelegt hatte, absolut nichts zu tun haben. Wenige Jahre später zog sie aus beruflichen Gründen mit ihrer Familie in die Schweiz. Die Villa hingegen verfiel immer mehr, bald hausten Füchse und anderes Getier im Garten, was wiederum die Aufmerksamkeit des Bauträger-Verkaufsleiters Macef erregte, der zu recherchieren begann. Er bekam heraus, dass die Grundsteuer je zur Hälfte von einem Steuerberater und einer Frau mit Schweizer Adresse getragen wurde.

Alle Versuche, mit dem Steuerberater in Kontakt zu kommen, scheiterten. Macef reiste schließlich in die Schweiz und suchte die Tochter der alten Dame persönlich auf. Die schilderte ihm das ganze Drama und war bereit, ihren hälftigen Anteil abzugeben, allerdings auf keinen Fall dem Steuerberater.

Für den wurden jetzt neue Saiten aufgezogen. Per Einschreiben erhielt er die Aufforderung, seine Villenhälfte an den Bauträger zu verkaufen. Sollte er darauf nicht eingehen, würde die Tochter entweder eine Klage wegen Erbschleicherei anstrengen oder die Zwangsversteigerung des Gebäudes einleiten.

Schon wenigen Wochen später war Macefs Firma Gesamteigner des Grundstücks. Die Planungen von Abriss und Neubau konnten beginnen. Seine gründliche kriminalistische Vorarbeit hatte sich ausgezahlt.

15. Ein ehemaliger iranischer Geheimdienstler als Kurzzeit-Mieter

Ein scheinbar geruhsamer Samstagvormittag bei schönstem Wetter wurde gegen neun Uhr jäh unterbrochen. Erst klingelte es Sturm an der Haustür, wenig später hämmerte es aufgeregt an unserer Wohnungstür im ersten Stock.

Vor unserer Tür stand ein untersetzter, ca. 50-jähriger Schwabe, der sich als „Herr Schwarz" vorstellte und in sichtlich großer Erregung befand:

„Haben Sie einen neuen Mieter mit Namen Allahpetry?"
„Ja, der wohnt seit kurzem hier, in der Wohnung genau gegenüber."
„Wem gehört diese Wohnung?"
„Einem Herrn Wagner. Aber der ist dieses Wochenende verreist."
„Herr Allahpetry schuldet mir über € 10.000 Miete und ist jetzt trotz Zwangsräumung in seine alte Wohnung eingebrochen, um dort zu schlafen!"
„Meine Frau und ich machen hier die Hausverwaltung. Wäre es möglich, seine alte Wohnung zu sehen?"
„Ja, das geht. Fahren Sie einfach hinter mir her!"

Ingvild und ich warfen uns Jacken über und machten uns auf den Weg zum Auto. Herr Schwarz führte uns nach Charlottenburg und blieb schließlich vor einem mehrstöckigen Altbaumietshaus stehen. Er zeigte auf ein großes Loch im Fenster einer Souterrain-Wohnung und öffnete die Tür.

Wir blickten in eine Wohnung mit höllischem Durcheinander und auf Stapel Dutzender ungeöffneter Briefe von Behörden und Anwälten - auf einem flachen Tisch vor dem Sofa ausgebreitet.

Wir erfuhren, dass Schwarz seit zwei Jahren auf dem Behördenweg einen verzweifelten Kampf führte, um diesen, keine Miete zahlenden Halunken loszuwerden. Inzwischen hatte er auch erfahren, dass Allahpetry ehemaliger Mitarbeiter des iranischen Geheimdienstes war und beim Prozess um das Bombenattentat auf das Restaurant „La Belle" als Zeuge ausgesagt hatte.

Im Stapel der Briefe erblickte ich einen bereits geöffneten Umschlag vom Schufa-Institut und entnahm den Inhalt. Es handelte sich tatsächlich um das an Allahpetry gerichtete Zeugnis seiner Kreditwürdigkeit. Er hatte die niederschmetternde Bewertung von 4% erhalten.

Ich hatte bisher nur Bewertungen von 80% und mehr gesehen und war ehrlich erschüttert. Dieser Mann musste auf der Flucht vor zahllosen Gläubigern, Versicherungen und Banken sein! Er würde - bei entsprechender Vorsicht von Vermietern und Arbeitgebern – in Deutschland nie wieder eine Chance auf eine Wohnung noch auf einen Job haben. Ich hatte soeben quasi eine „Bescheinigung der Mitgliedschaft in der Unterwelt" gesehen. Schwarz, der arme Schwabe, zahlte nunmehr bitter für seine Unvorsichtigkeit, wahrscheinlich weil er seinerzeit froh gewesen war, für seine Souterrain-Wohnung einen Mieter gefunden zu haben.

Wir bedankten uns bei ihm für die erhaltenen Informationen und gaben ihm die Telefonnummer von Allahpetrys derzeitigem Vermieter.

Anfang der Woche informierten wir als Hausverwalter den zurückgekehrten Carsten Wagner, was für ein „Früchtchen" er da jetzt als Mieter hatte. Seine nonchalante Reaktion ließ uns staunen:

„Hauptsache er zahlt seine Miete! Immerhin habe ich ein Schreiben vom Adlon-Hotel, dass er dort als Page angestellt ist!"

Ein ehemaliger Geheimdienstmann hat sicher wenig Probleme, ein Zeugnis zu fälschen. Es kam, wie es kommen musste: Außer der 3-Monats-Kaution zahlte Allahpetry nicht einen Cent Miete, sodass Wagner im vierten Monat zu einer - nicht ganz legalen - Tat schritt:

Während Allahpetry arbeiten war, tauschte ein Schlüsseldienst das Schloss der Wohnungstür aus. Die in der Wohnung befindlichen, persönlichen Gegenstände des Iraners wurden in blaue Säcke gefüllt und ins Treppenhaus vor die Wohnungstür gestellt. Nach den Erlebnissen mit dem sympathischen Schwaben machten wir als Hausverwalter gute Miene zum bösen Spiel. Wir fanden es unfair, dem Vermieter aus Rücksicht auf Paragraphen in den Rücken zu fallen.

Die Säcke waren wenige Tage später verschwunden. „Mr. Secret Service" wurde nie wieder gesichtet. Wie heißt es doch so wunderbar pragmatisch: „Hilf Dir selbst, dann hilft Dir Gott!"

16. Als „Die Kobra" das Herrenzimmer zum Büro umgestalten wollte

Ein ausgebuffter Immobilien-Makler aus Stuttgart wollte Anfang der Zehner-Jahre die Herrenzimmer-Wohnung zu Bürozwecken mieten.

Weil er auf unseren Vertragsentwurf nicht eingehen wollte, stellte er einen eigenen Entwurf vor, und schrieb im Begleitbrief u.a. folgendes: „Es ist sehr schade, dass Sie so misstrauisch sind. Ich kann daraus entnehmen, dass ein Jurist den Mietvertrag entworfen hat. Sie sollten soviel Menschenkenntnis haben, um zu wissen, dass das alles nicht notwendig ist. Ich bin ein seriöser Geschäftsmann, wovon Sie sich überzeugt haben. Mieter, die so etwas unterschreiben, sind entweder leichtsinnig oder unmündig."

Ein Insider der Berliner Immobilienbranche meinte dazu: „Dieser Stuttgarter Makler ist inzwischen in Berlin bekannt. Der macht uns mit seinen Vorstellungen und komplizierten Wünschen verrückt! Das Haus, das d e r sucht, muss erst noch gebaut werden. Ich kann durchaus verstehen, dass Sie sich nicht einigen konnten."

Ich beendete denn auch den Dialog mit folgendem Schreiben: „Sie haben völlig recht - die Situation hat sich zu einer gegenseitigen Blockade entwickelt, und sollte an diesem Punkt beendet werden.

Wir wollen nicht Ihren extensiv ausgelegten Entwurf unterschreiben. Sie nicht unseren präsizierten. Auch machen uns Ihre Sonderwünsche - mit z.B. völliger Kündigungsflexibilität - Sorgen. Ich würde sagen, wir bezeichnen das Match als unentschieden („Match nul!" wie Franzosen es nennen), und trennen uns in aller Freundschaft, und ohne Vorwürfe.

Es war interessant, Sie kennenzulernen, und wir haben ganz sicher von einem Profi etwas gelernt. Für Ihre Bürosuche und Immobiliengeschäfte in Berlin wünschen wir Ihnen viel Erfolg."

17. Der russische Oligarch mit der 30 cm langen Narbe auf seinem Bauch

Es war während der Monate, als die Erwerber des Kutscherhauses ihre Kehrtwende vollzogen und wieder aussteigen wollten, als uns ein russischer Investor namens Wladimir Grigoriev vermittelt wurde.

Er war der einzige in einem Vierteljahrhundert auf dem unvergesslichen Sofa unseres Herrenzimmers sitzende Interessent, dessen Geschäftsgebaren Thema eines SPIEGEL-Artikels werden sollte.

Die für immer unvergesslichen Eindrücke dieser ersten Begegnung sollten erstaunlicherweise jedoch eher körperlicher Natur sein. Meine häufig burschikos-direkte Ehefrau hatte es mit ihrer besonderen Art immer wieder geschafft, männliche Besucher aus der Reserve zu locken.

Bei Grigoriev verlief das so: Er entblößte seine Magenpartie und zeigte ihr seine 30 cm lange Narbe quer über den Bauch. Dann zog er seine Schuhe aus, um ihr seine knöchelfreien Sockletts vorzuführen, beides unter normalen Umständen im zugeknöpften Deutschland beim besten Willen nicht vorstellbar!

Während des geschäftlichen Teils unserer Gespräche überraschte uns Grigoriev mit einem ziemlich hanebüchenen Vorschlag: Er wollte den kompletten Dachstuhl des Hauptgebäudes abtragen und auf den Außenmauern - leicht zurückversetzt - einen Penthouse-Bungalow errichten! Da wir skeptisch reagierten, versprach er, bei einem nächsten Termin seinen Architekten mitzubringen.

Wie fast zu erwarten war, hatte Grigoriev keine Visitenkarte greifbar. Seine Firmenadresse, die ich mir umgehend notierte, wusste er „Gott sei Dank". Bereits am nächsten Morgen fuhr ich unangekündigt nach Charlottenburg, um mir seine Firma anzusehen. An der Tür im ersten Stock prangten Schilder von gleich sechs verschiedenen Immobilienfirmen, die alle Grigoriev zu gehören schienen. Er selbst war nicht da. Also erklärte ich den Mitarbeitern, dass wir uns derzeit in Verhandlungen mit Grigoriev befänden und seine Visitenkarte benötigten. Das war kein Problem. Mit dem Kärtchen in der Tasche fuhr ich zufrieden wieder nach Hause. Seine Firma war kein Phantom, sie existierte tatsächlich.

Ich schilderte am folgenden Wochenende meinem wöchentlichen Interview-Partner, dem ehemaligen Star-Architekten und Uni-Professor, wie immer beim Sonntagsfrühstück im Café Hagenplatz diesen Plan und bekam folgende Antwort:

„Obwohl der Vorschlag technisch machbar ist, wären Sie mit der Zulassung seiner Umsetzung der Halbwelt ausgeliefert. Glauben Sie ihm kein Wort, das ist ein Gebrauchtwagen-Verkäufer!". Und: „Die wesentlich bessere Lösung ist der Gesamtverkauf. Nehmen Sie das Maklerangebot aus Köln an! Sollte es zustande kommen, wären Sie ein absoluter Glückspilz!"

Zum zweiten Termin erschien Grigoriev dann in der Tat sowohl mit seinem Sohn als auch einem Architekten, den man aufgrund seiner subalternen Bravheit aber nicht für voll nehmen konnte.

Noch bevor wir die Miteigentümer zum Thema befragen konnten, wurde uns der bereits erwähnte SPIEGEL-Artikel von einem befreundeten Nachbarn zugespielt. Darin kamen neben Maßnahmen des Polizeischutzes auch Briefkastenfirmen zur Sprache, und eben Grigorievs Name.

Er muss geahnt haben, dass man uns auf den Artikel aufmerksam machen würde, denn wir hörten danach nie wieder von ihm. Trotzdem bleibt er für immer Teil unserer ganz persönlichen „Grunewald-Saga".

18. Verkauf einer Villa: Das Reich der Vampire, Adler und Schlangen

Es gibt viele mögliche Gründe für den Verkauf einer Villa, auch wenn sie mitten im Grunewaldviertel steht. Einfach ist das keineswegs. Sie dürfen sich das Procedere durchaus wie ein makabres Theaterstück vorstellen.

Dem gewählten Hausverwalter ordnen wir die Rolle des Ballettmeisters zu. Er hat es bei etwas so Hochkomplexem wie dem Gesamtverkauf einer Villa, in unserem Fall mit neun Wohnungen und vier Miteigentümern zu tun. Neben den drei Hauptdarstellern:

- den Maklern – sie geben den Tanz der Vampire,
- den Investoren – sie tanzen das Ballett der Adler,
- den Miteigentümern - sie bilden den Reigen der Schlangen,

agieren auch zwei Arten von Nebendarstellern, nämlich:

- die Notare – sie singen das Konzert der Uhus und nicht zuletzt
- die Mieter – sie stehen für das Schwärmen der Fledermäuse.

Mein mehrjähriger Interviewpartner, Architektur-Professor und Gewinner des großen Kunstpreises von Frankreich, meinte dazu: „Stellen Sie sich die Beteiligten bei einem derart komplexen Immobiliengeschäft mit vier unterschiedlich interessierten Verkäufern wie einen Insektenschwarm vor. Alle wollen möglichst viel vom Kuchen abhaben."

Er fuhr fort: „Und glauben Sie ja nicht, dass Sie dabei ungeschoren davonkommen. In dieser Branche, wo Lug und Trug an der Tagesordnung sind, erwischt es auch Sie! Sollte Ihnen trotz aller Fallstricke und „Tretminen" der Gesamtverkauf gelingen, wäre es das Meisterstück Ihres Lebens!"

MAKLER (Tanz der Vampire)

Dem Charme dieser ausgebufften Menschenverführer kann man sich nur schwer entziehen. Da es für sie bei 7% Provision um sehr viel Geld geht, kann ihre Hartnäckigkeit leicht die Grenze zur Aufdringlichkeit überschreiten. Unvergesslich der Sonnyboy mit Lockenkopf und meterlangem Schal, der der dem Verkauf widerstrebenden Ingvild sagte: „Ihre Wohnungen haben wirklich etwas Märchenhaftes, aber auch Märchen gehen immer irgendwann zu Ende!"

INVESTOREN (Ballett der Adler)

Hier wird die ganz große Show abgezogen: Büros vom Feinsten, Messingschilder von gleich sechs Tochterfirmen, eine Phalanx von Managern bei der Besichtigung, europaweite Verbindungen sind selbstverständlich. Als es jedoch in die Endphase des Verkaufs ging, mangelte es erstaunlich häufig an Liquidität! „Money talks!" sagen dazu die Amerikaner.

MITEIGENTÜMER (Reigen der Schlangen)

Miteigentümer sind ein Völkchen für sich. Jeder versucht das Beste aus seinem Anteil herauszuschlagen und verhält sich durchaus nicht immer fair zu seinen ja nicht gewählten Partnern. Man ist gut beraten, seinen Miteigentümern von vornherein ein ordentliches Quantum Hinterlist und Perfidie zu unterstellen. Böse Überraschungen wird es trotzdem ausreichend geben. Lesen Sie die Kapitel 10 und 11 noch einmal und gleich im Anschluss Nummer 19.

NOTARE (KONZERT DER UHUS)

Keine der fünf Notar-Kanzleien, mit denen ich Laufe der mehrjährigen Verhandlungen zu tun hatte, verließ ich unbeeindruckt. Ich habe verstanden, warum Notare neben Richtern die Crème de la Crème der Justiz darstellen, mit dem feinen Unterschied, dass sie gleichzeitig auch gute Geschäftsleute sein müssen. Davon zeugen majestätische Bürovillen oder auch eine 600 PS-Limousine, deren Modellnamen man mir leider verschwieg.

MIETER (SCHWÄRME DER FLEDERMÄUSE)

Das wohl größte Kunststück beim Verkauf einer Villa mit neun Eigentumswohnungen ist ihre gleichzeitige Entmietung zu möglichst geringen Kosten. Unerreicht in seinen Fähigkeiten als ausgebuffter Pokerspieler trat hier Miteigentümer Carsten Wagner auf. In einem Fall musste Co-Verwalterin Ingvild allerdings übernehmen - hier entschieden die Sympathiepunkte der „Seele des Hauses", und verhinderten gerade noch die Unkündbarkeit.

19. Zum Schluss den Dolch eines Miteigentümers im Rücken

Ein von mehreren Seiten als Berater empfohlener, hünenhafter und schon betagter Notar war der Auffassung, der jetzige Entwurf des Kaufvertrages (sein Verfasser war der von der Käuferseite beauftragte und finanzierte Notar) begünstige die Käuferseite mehr als üblich.

Ich hakte sofort nach.

Nach der ersten, anderthalbstündigen Beratung schien er bemerkt zu haben, wie höchst beeindruckt ich von all seinen Darlegungen und Ratschlägen war, da mich Könner ein Leben lang fasziniert haben und ich - weit davon entfernt neidisch zu sein - immer von ihnen zu lernen versuchte. Die Art, wie umgehend er diesen Umstand für sich zu nutzen verstand, zeigte seine außergewöhnliche Klasse auch als Kaufmann.

Nachdem er mich überfallartig fragte, ob ich mit einem Honorar von sage und schreibe 1.000 € für diese anderthalb Stunden Beratung einverstanden sei, und ich spontan bejahte, schrieb er den Betrag in großen Buchstaben auf ein Blatt Papier, und bat mich, zu unterschreiben. Es wäre mir - nach seiner wirklich meisterlichen Beratung – verächtlich erschienen, mit Berlins womöglich bestem Notar zu feilschen. Ich tat es deshalb prompt, in meiner Funktion als Co-Verwalter der Villa. Die Rechnung hatte ich umgehend im Briefkasten. Was für ein ausgebuffter Profi…

Was ihm beim bisherigen Vertragsentwurf missfallen hatte, waren folgende Punkte:

- Verzicht auf das übliche Notaranderkonto,
- eine neu gegründete, vermögenslose GmbH als Käufer,
- unser Verhandeln mit einem „Phantom", da wir den Käufer nie zu Gesicht bekamen, auch nicht beim Vertragsabschluss,
- die Formulierungen „baurechtskonform" und „nachbarschafts konform" ließen viel Raum für nachträgliche Beanstandungen
- die brandgefährliche Formulierung „aufschiebende Bedin gung" würde den gesamten Kaufvertrag hinfällig werden las sen, wenn auch nur ein einziger Mieter am Stichtag nicht geräumt hätte.

Dieser Notar hatte zudem einen uns seit langem bekannten Grunewalder Makler als potentiellen Käufer bereitzustehen, was alle genannten Nachteile für uns gegenstandslos machen würde.

Nach einwöchigem Drängen per Telefon und Mail erfolgte endlich die Begegnung mit dem Makler und seinem Co-Investor aus Frankfurt am Main. Dieser, ein wortkarger Hüne mit Adlergesicht (Ingvilds nachträgliche Beschreibung), wollte keinerlei Details wissen, malte lediglich den Grundriss auf eine Serviette und hatte Mühe, eine Visitenkarte aus der Seitentür seines Autos hervorzukramen. Mit dem 5% höheren Preis war er aber einverstanden.

In Windeseile hatte ein weiterer Notar (der mir die 100%ige Bonität des mysteriösen Hünen bestätigte) den neuen Vertragsentwurf fertig. Beim Besuch dieses Notars stand ich erstmals in einem Hochhaus am Bahnhof Zoo, dessen Außenfassade ausschließlich aus Glas bestand - wirklich äußerst beeindruckend!

Von diesem Zeitpunkt an folgte Schlag auf Schlag, wir standen kurz davor, dem bisherigen Verhandlungspartner aus Köln abzusagen, als uns ein Anruf des ursprünglichen Notars erreichte und wie ein Keulenschlag aus heiterem Himmel traf, ja uns das Blut in den Adern gerinnen ließ:

Der Erbe der verstorbenen Miteigentümerin Pringel war uns kaltblütig in den Rücken gefallen und hatte die von ihm erst kürzlich geerbte Wohnung, ohne sich mit uns abzustimmen, an den Kölner Investor verkauft, sogar rückwirkend. Wir wussten nicht mal, dass so etwas überhaupt möglich war! Hing dies womöglich damit zusammen, dass er sein juristisches Praktikum bei besagtem Notar absolviert hatte, also das berühmte „Vitamin B" alles entschied?

Der erzielte Aufpreis war wirklich minimal, aber mit der Wirkung einer Bombe vergleichbar. Da wollte uns jemand „ans Leder", eine Vorwarnung bzw. Rückfrage hatte es nicht gegeben. Für alle restlichen Miteigentümer war nur noch ein Verkauf an die Rheinländer möglich, und so kam es dann auch.

20. Wie die Tarnung der Superreichen uns das Staunen lehrte

Wir verkauften.

Der Käufer mit Sitz in Köln trägt einen bekannten Konzern-Namen. Von den vier Geschäftsführern entstammen zwei Brüder der Unternehmerfamilie, die beiden anderen sind Rechtsanwälte. Einer der beiden Letzteren gab den Wortführer beim Villenverkauf, also dem „Geschäft" mit uns und wurde zu unserem Ansprechpartner. Mails erhielten wir zahlreiche von ihm, im Büro des Notars sprach ich am Telefon sogar mit ihm. Aber gesehen, ja gesehen - habe ich ihn nie! Es ging die Rede, dass er einmal diskret nach Berlin gekommen sein solle, um das „Objekt der Begierde" in Augenschein zu nehmen.

Als der „Deal", eingefädelt von einem Grunewalder Makler, der vor Jahren beim Verkauf des Kutscherhauses in die engere Wahl gekommen war - immer konkretere Formen annahm und der Konzern sich bereits im Hause festgesetzt hatte (siehe Geschichte Nr. 19), bekam ich Mails von einem gewissen Herrn Hendricks.

Bemerkenswert war, dass die Mails von Hendricks als Absender das Kürzel „nl" hatten, also aus den Niederlanden kamen. Jedoch waren weder eine Adresse noch eine Telefonnummer angegeben. Der Notar hatte uns Hendricks als Verwalter der Berliner Liegenschaften des Erwerbers angegeben.

Eines Tages tauchte eine Truppe Männer auf, die die eine bereits vom Konzern gekaufte Wohnung ausräumte und das Inventar in Container verlud. Sie wurden von Hendricks dirigiert. Zu sehen bekamen wir ihn auch bei diesem Anlass nicht, da Ingvild und ich unsere Wohnung in der Villa nur an den Wochenenden nutzten.

Wir waren überzeugt, die Chefs der Käuferseite zumindest beim Vertragsabschluss im Büro des Notars kennenzulernen. Zu unserer faustdicken Überraschung war aber auch das eine Fehlanzeige!

In den vier Kaufverträgen wurde der erwerbende Konzern mit keinem Wort erwähnt. Als Erwerber fungierte eine in Berlin ansässige GmbH, die eigens zu diesem Zweck vor kurzem gegründet worden war, und von deren Geschäftsführerin, einer jungen Frau, vertreten wurde.

Brancheninsider versicherten uns, dass dies durchaus üblich und juristisch einwandfrei wäre. Zweck sei die Begrenzung der Risiken für den Erwerber. Über dessen finanzielle Potenz konnte nicht der geringste Zweifel bestehen, erst recht nicht, als uns die Vermögensabteilung einer Großbank schriftlich bestätigt hatte, dass Gelder in Höhe von bis zu fünfzig Millionen Euro jederzeit abrufbar wären. Nie zuvor hatten wir einen derart gigantischen Bonitätsnachweis unter die Augen bekommen!

Es wurde ernst. Vor ihren Zahlungen wollte die Käuferseite zu 100 Prozent sicher sein, dass tatsächlich alle neun Wohnungen leergeräumt waren, die „conditio sine qua non" eines derartigen Großverkaufs. Das wollte man auf keinen Fall dem Makler überlassen, und so waren Ingvild und ich gespannt auf den ersten Auftritt von Herrn Hendricks in persona.

Unser Korrespondenz-Partner erschien tatsächlich. Er war ein äußerst sympathischer, unauffällig gekleideter und leicht bärtiger Mittvierziger, der im Kleinwagen einer Berliner Mitarbeiterin vor der Villa vorfuhr. Da es bereits später Vormittag war, hatte unsere gerne Lebensmittel (ich nenne sie „Naturalien") verschenkende Ingvild vorausschauend ein paar „Donauwellen" besorgt. „Wie konnten Sie wissen, dass ich so gerne Kuchen esse?", war Hendricks freudiger Ausruf, als er ihn angeboten bekam.

Und jetzt passierte es: Zum ersten und einzigen Mal erhielt ich von der Käuferseite eine brauchbare Visitenkarte zur Identifizierung. Wir hatten es mit einer Investmentfirma in Amsterdam zu tun, deren Direktor er war. Hat der Mensch Töne?

Das Besichtigen der neun Wohnungen zog sich in die Länge, zumal Hendricks Begleiterin sämtliche Elektrozähler mit aktuellem Verbrauchsstand fotografierte. Hendricks knickte bei unserem ständigen Nachfragen irgendwann ein und ließ überraschend durchblicken, dass er zu 35 Prozent Mitinhaber der erwähnten Investmentfirma sei, die Konzernfamilie mit 51 Prozent jedoch die Mehrheit besaß.

Nie zuvor waren wir einem derart entspannt und unprätentiös auftretendem Multimillionär begegnet! Seine späteren E-Mails unterschrieb Hendricks mit „Direktor" samt seiner kompletten niederländischen Kontaktdaten, d.h. er hatte Zutrauen zu uns gefasst.

In den folgenden Mails erhielt häufig ein gewisser „Schneider", ebenfalls mit einem „nl" in der Mail-Adresse, eine Kopie. Auf meine Frage, wer das sei, erklärte Hendricks, das seien die endgültigen Neueigentümer. Also ein sogenanntes Dreiecksgeschäft? Wirklich irritiert waren wir, als mitgeteilt wurde, dass Familie Schneider nicht in den Niederlanden, sondern in Niedersachsen ansässig sei.

Eines Tages war es soweit: Familie Schneider kündigte ihr Kommen an. Am vereinbarten Tag stieg vor unserer Haustür eine vierköpfige Familie aus einem Auto mit Kennzeichen „OS". Bäuerlich ländliche Behäbigkeit strömte uns von einem Ehepaar mit zwei erwachsenen Söhnen entgegen.

Mein zweiter Versuch, eine „richtige" Visitenkarte zu ergattern, scheiterte. Ich erhielt vom älteren Sohn eine völlig belanglose Karte mit dem Slogan „match-bee" und der Bezeichnung „Consultant" unter seinem Namen, ergänzt durch eine Adresse - man glaubt es kaum - in Düsseldorf! Beim Googeln zu Hause fanden wir heraus, dass „match-bee" ein loser, bundesweiter Verband von Privatunternehmern ist.

Trotz hartnäckigen Fragens war nicht mehr zu erfahren, als dass Frau Schneider sen. drei der Wohnungen gekauft hatte. Die Zahlungen hatten sich deshalb verzögert, weil dafür zuerst Hypotheken aufgenommen werden mussten.

Als die Schneiders nach der Besichtigung sämtlicher, leerstehender Wohnungen wieder abgefahren waren, erlebte ich zum ersten und einzigen Mal in einem halben Dutzend Verhandlungen, dass der verantwortliche Notar ausrastete, ja regelrecht zu schreien begann:

„Eine Wohnung weiterzuverkaufen, bevor der Erwerber im Grundbuch steht, geht überhaupt nicht!!"

Und doch scheinen viele der in diesem Episodenroman beschriebenen Tarnungsmethoden unserer Vermögenselite zu „gehen". Im Land, das den Kommunismus „erfunden" hat, wird das wohl seine Berechtigung haben...